NADA DE NOVO
NO FRONT

Erich Maria Remarque

NADA DE NOVO NO FRONT

Tradução de Peterso Rissatti

www.lpm.com.br

L&PM POCKET

Coleção **L&PM** POCKET, vol. 349

Texto de acordo com a nova ortografia.
Título original: *Im Westen nichts Neues*

Tradução: Peterso Rissatti
Capa: Ivan Pinheiro Machado. *Foto*: Soldados do Corpo Expedicionário Português na Primeira Guerra Mundial, de Arnaldo Garcez © Arquivo Histórico Militar de Lisboa
Preparação: Mariana Donner da Costa
Revisão: Luiza Gressler e Patrícia Yurgel

CIP-Brasil. Catalogação na publicação
Sindicato Nacional dos Editores de Livros, RJ

R127n
2. ed.

Remarque, Erich Maria, 1898-1970
Nada de novo no front / Erich Maria Remarque; tradução Peterso Rissatti. - 2. ed., reimpr. – Porto Alegre [RS]: L&PM, 2025.
240 p. ; 18 cm.

Tradução de: *Im Westen nichts Neues*
ISBN 978-85-254-1326-0

1. Ficção alemã. I. Rissatti, Peterso. II. Título.

25-98602.0   CDD: 833
             CDU: 82-3(430)

Meri Gleice Rodrigues de Souza - Bibliotecária - CRB-7/6439

Este livro foi publicado originalmente em 1929.
© 1929 by The Estate of the late Paulette Remarque

Todos os direitos desta edição reservados a L&PM Editores
Rua Comendador Coruja, 314, loja 9 – Floresta – 90.220-180
Porto Alegre – RS – Brasil / Fone: 51.3225.5777

PEDIDOS & DEPTO. COMERCIAL: vendas@lpm.com.br
FALE CONOSCO: info@lpm.com.br
www.lpm.com.br

Impresso no Brasil
Inverno de 2025

Este livro não pretende ser uma acusação nem uma confissão, mas se destina apenas a tentar apresentar uma geração devastada pela guerra, ainda que tenha escapado de suas granadas.

1

Estamos nove quilômetros atrás do front. Ontem teve troca de tropa; agora estamos com a barriga cheia de feijão branco com carne de boi, satisfeitos e felizes. Cada um pôde até levar uma marmita cheia para a noite; há também porções duplas de salsicha e pão – o que é muito bom. Fazia muito tempo que isso não acontecia: o cozinheiro grosseirão, com a cabeça vermelha como um tomate, oferece ele mesmo a comida; acena com a colher para todos que passam e enche seus pratos com uma bela porção. Está totalmente desesperado, porque não sabe se vai conseguir esvaziar seu caldeirão de guisado. Tjaden e Müller encontraram algumas bacias e as encheram até a boca para servir de reserva. Tjaden o faz por gula; Müller, por cautela. Onde Tjaden guarda tudo aquilo é um mistério para todos, pois continua sendo magricela como um bacalhau seco.

Mas o mais importante é que também havia porções duplas de tabaco. Para cada um havia dez charutos, vinte cigarros e dois pedaços de rolo de fumo para mascar, o que é bem decente. Troquei meu fumo de mascar pelos cigarros de Katczinsky, o que me rende quarenta cigarros, o suficiente para um dia.

Na verdade, essa distribuição de presentes não era realmente para nós. Os prussianos não são tão generosos assim. Devemos essa regalia a um erro.

Catorze dias antes, tivemos que avançar até o front para substituir os outros soldados. O nosso setor estava bastante tranquilo, e por isso o cozinheiro havia recebido a quantidade normal de provisões para o dia de nosso retorno e providenciado refeições para alimentar os 150 homens da companhia. Mas justamente no último dia tivemos um número surpreendente de ataques pesados da artilharia inglesa que acertaram nossa posição sem cessar, de modo que sofremos grandes baixas e voltamos com apenas oitenta homens.

Batemos em retirada quando escureceu e nos apressamos para ter uma noite de sono decente. Pois Katczinsky tem razão: a guerra não seria tão horrível se pudéssemos dormir mais. Nunca é possível dormir no front, e, de qualquer forma, uma quinzena é tempo demais sem uma boa noite de sono.

Já era meio-dia quando os primeiros de nós rastejaram para fora das barracas. Meia hora depois, estávamos todos pegando talheres e nos reunindo na frente do caldeirão de *goulash*, que cheirava a uma gordura nutritiva. À frente de todos, claro, o mais faminto: o pequeno Albert Kropp, o mais esclarecido entre nós e que por isso já é cabo; Müller V, que ainda carrega consigo os livros escolares e sonha com os exames finais que faria depois da dispensa, ele anota teoremas físicos embaixo de fogo cerrado; Leer, que tem a barba cheia e gosta muito das moças dos bordéis reservados aos oficiais, ele jura que por ordens do exército elas são obrigadas a usar camisolas de seda e a tomar banho quando a patente do cliente é de capitão para cima; e, em quarto lugar, eu, Paul Bäumer. Todos os quatro com dezenove anos, todos os quatro saídos da mesma turma para a guerra.

Logo atrás de nós vêm nossos amigos. Tjaden, um serralheiro magrelo da nossa idade, o maior glutão da companhia. Quando se senta para comer está magro, quando se levanta, está gordo como uma pulga farta; Haie Westhus, da mesma idade, turfeiro, consegue pegar um filão inteiro de pão com a mão e perguntar: "Adivinha o que tenho na mão?"; Detering, camponês que só pensa em sua fazenda e na esposa; e por fim Stanislaus Katczinsky, o líder do grupo, rígido, inteligente, astuto, quarenta anos, com a pele cor de terra, olhos azuis, ombros caídos e um maravilhoso faro para perigos iminentes, boa comida e ótimos esconderijos. Nosso grupo estava à frente na fila do caldeirão de *goulash*. Ficamos impacientes, pois o desavisado do cozinheiro ainda estava ali parado, esperando. Até que Katczinsky gritou para ele:

– Abre logo essa bodega, Heinrich! Todo mundo já viu que o feijão está pronto!

Ele negou com a cabeça, sonolento:

– Vocês têm que estar todos aqui primeiro.

Tjaden abriu um sorrisinho:

– Estamos todos aqui.

O cabo ainda não havia percebido nada.

– Quem dera estivessem! Onde estão os outros?

– Não vai ser você que cuidará deles hoje! Estão por conta do hospital de campanha e da vala comum.

O cozinheiro grandalhão ficou atordoado ao saber dos fatos. Cambaleou.

– E eu cozinhei para 150 homens.

Kropp cutucou-os nas costelas:

– Então, finalmente vamos encher o bucho. Vamos logo!

Porém, de repente Tjaden teve uma epifania. Seu rosto pontudo de camundongo começou a brilhar, os olhos se estreitaram com astúcia, as bochechas se contraíram e ele se aproximou:

– Minha nossa, quer dizer que recebeu pão para 150 homens também, não foi?

Desconcertado e um tanto distraído, o cabo concordou com a cabeça. Tjaden agarrou-o pelo casaco:

– E salsicha também?

O Cabeça de Tomate assentiu de novo.

O queixo de Tjaden tremia.

– Fumo também?

– É, tudo.

Tjaden olhou ao redor, radiante.

– Meu Deus, isso é o que podemos chamar de sorte! Tudo vai ficar pra gente, então! Todo mundo vai receber... espere um minuto... sim, é isso, porções dobradas!

No entanto, o Tomate caiu em si e anunciou:

– Nada disso.

Mas agora nós também estávamos animados e nos aproximamos.

– Por que não dá, seu cenourão? – perguntou Katczinsky.

– O que é para 150 homens não pode ser para oitenta.

– Ah, nós vamos mostrar que pode ser sim – rosnou Müller.

– Nem ligo para a comida, mas só posso distribuir porções para oitenta homens – insistiu o Tomate.

Katczinsky enfureceu-se.

– Você está precisando ser rendido, não é? Você não recebeu a ração para oitenta homens, mas para a Segunda Companhia, certo? Distribua, então! Nós somos a Segunda Companhia.

Encurralamos o sujeito. Ninguém gostava muito dele; algumas vezes, por sua culpa, tivemos que fazer a refeição muito tarde e fria na trincheira, porque ele não ousava chegar perto com seu caldeirão quando havia qualquer fogo de artilharia, então os entregadores de comida precisavam percorrer um trajeto muito maior que aqueles das outras companhias. O Bulcke, da Primeira, era um sujeito mais legal. Ainda que fosse gorducho como um urso em hibernação, carregava ele mesmo as panelas até o front quando necessário.

Já estávamos prontos para a ação, e com certeza haveria confusão se o comandante da companhia não tivesse aparecido. Ele perguntou sobre o bate-boca e, por ora, disse apenas:

– É, tivemos muitas baixas ontem…

Então, olhou para o caldeirão.

– O feijão parece gostoso.

O Tomate assentiu com a cabeça:

– Cozido com banha e carne.

O tenente nos olhou. Sabia o que estávamos pensando. E sabia muitas outras coisas, porque chegara à companhia como suboficial e avançara de patente entre nós. Ele levantou a tampa do caldeirão de novo e cheirou. Afastando-se, disse:

– Traga um prato cheio para mim também. E distribua todas as porções. Estamos precisando.

Tomate ficou com cara de idiota. Tjaden dançou ao redor dele.

– Não vai lhe fazer mal nenhum! Até parece que o serviço de provisões lhe pertence. Agora, pode começar, seu velho pão-duro, e não erre nas contas…

– Vai te catar! – sibilou o Tomate. Ele estava explodindo de raiva, pois não compreendia o que estava acontecendo, não entendia mais o mundo. E, como se quisesse demonstrar que nada daquilo lhe importava, distribuiu voluntariamente duzentos gramas de mel artificial por cabeça.

O dia de hoje está realmente bom. Até o correio chegou, e quase todo mundo recebeu cartas e jornais. Então viemos passear na campina que fica atrás das barracas. Kropp traz embaixo do braço a tampa redonda de uma lata de margarina.

Grandes latrinas foram construídas na margem direita da campina, uma construção estável com telhado. Mas são apenas para os recrutas, que ainda não aprenderam a tirar proveito de tudo. Procuramos coisa melhor. Espalhadas por toda parte ficam pequenas cabines individuais com o mesmo propósito. São quadradas, limpas, feitas inteiramente de madeira, fechadas nas laterais, com assento impecável e confortável. Há alças nas superfícies laterais para que possam ser transportadas.

Movemos três delas até formar um círculo e nos acomodamos com conforto. Não vamos nos levantar daqui nas próximas duas horas.

Ainda lembro que no início, na qualidade de recrutas, ficávamos envergonhados no quartel quando precisávamos usar a latrina comunitária. Ali não há portas, vinte homens se sentam lado a lado, como em um trem. Assim é possível vigiá-los de uma vez só; os soldados devem estar sob supervisão constante.

Nesse meio-tempo, aprendemos mais do que superar um pouco dessa vergonha. Com o tempo, nos familiarizamos com algo completamente diferente.

Aqui fora, porém, é realmente uma satisfação. Não sei mais por que sempre ficávamos com tanta vergonha dessas coisas, pois são tão naturais quanto comer e beber. E talvez não houvesse necessidade de comentar nada sobre elas se não desempenhassem um papel tão importante e se não fossem novas para nós – para os outros, já eram uma coisa natural há muito tempo.

O soldado está mais familiarizado com seu estômago e com sua digestão que qualquer outro ser humano. Três quartos de seu vocabulário são retirados dessas funções, e tanto a expressão de grande alegria quanto a da mais profunda indignação ficam muito acentuadas nesses termos. De outra forma, é impossível se expressar de modo tão sucinto e claro. Nossas famílias e nossos professores ficarão surpresos quando voltarmos para casa, mas essa é a linguagem universal aqui.

Para nós, todos esses eventos recuperaram um teor de inocência por seu caráter público forçado. E tem mais: são tão normais para nós que sua execução prazerosa é tão valorizada quanto, na minha opinião, uma mão de carteado belamente tirada, sem nenhum coringa. Não é à toa que a expressão "conversa de latrina" surgiu para designar boatarias de todos os tipos; esses lugares são o ponto de encontro dos fuxiqueiros e o substituto no exército para a mesa de bar.

No momento nos sentimos mais confortáveis do que em um banheiro de luxo, não importa a brancura de seus ladrilhos. Lá pode ser apenas higiênico, mas aqui é gostoso.

São horas que passam maravilhosamente sem pensamentos. Acima de nós, apenas o céu azul. Balões cativos amarelos, brilhantemente iluminados, e nuvens brancas de mísseis antiaéreos pairam no horizonte. Às vezes, sobem rápidos como um feixe ao perseguir um avião.

Ouvimos um trovoar abafado do front como uma tempestade muito distante. O zumbido de zangões próximos abafa esse ruído.

E, ao nosso redor, se estende a campina florida. Os delicados talos da grama balançam, as borboletinhas brancas voejam, flutuam ao vento suave e quente do final do verão, nós lemos cartas e jornais e fumamos, deixamos nossos bonés de lado, o vento brinca com nossos cabelos, brinca com nossas palavras e pensamentos.

As três cabines estão em meio às papoulas vermelhas e brilhantes.

Deixamos a tampa da lata de margarina sobre os joelhos e assim temos uma boa base para jogar baralho. Kropp está com as cartas. Após cada partida, começamos um jogo diferente. Dessa forma, seria possível ficar sentado para sempre.

As notas de um acordeão ressoam das barracas. Às vezes, deixamos as cartas de lado e olhamos um para o outro. Então, alguém diz: "Crianças, crianças..." ou: "Isso poderia ter dado errado..." e ficamos em um silêncio profundo por um momento. Há um sentimento intenso em nosso íntimo, contido, todos sentem, não são necessárias muitas palavras. Teria sido fácil não estarmos sentados aqui em nossas cabines, foi por muito pouco. E por isso tudo é novo e intenso – as papoulas vermelhas e a boa comida, os cigarros e o vento do verão.

Kropp pergunta:

– Algum de vocês voltou a ver o Kemmerich?

– Está no Hospital St. Joseph – respondo.

Müller diz que ele tomou um tiro que atravessou a coxa, um bom passaporte para casa.

Decidimos visitá-lo à tarde.

Kropp pega uma carta.

– Kantorek mandou lembranças para vocês.

Nós rimos. Müller joga fora o cigarro e diz:

– Gostaria que ele estivesse aqui.

Kantorek tinha sido nosso professor, um homenzinho austero de sobretudo cinza e o rosto fino de camundongo. Tinha mais ou menos a mesma estatura do cabo Himmelstoss, o Terror de Klosterberg. É engraçado, aliás, que a infelicidade do mundo muitas vezes venha de pessoas baixas, muito mais enérgicas e intolerantes que as altas. Sempre evitei entrar em destacamentos com comandantes baixotes; são, em sua maioria, malditos carrascos.

Kantorek nos deu tantas palestras nas aulas de ginástica que a nossa turma, sob sua liderança, foi à junta militar distrital e se alistou. Ainda consigo vê-lo olhando para nós através dos óculos e questionando, com voz emocionada:

– Vocês também vão, camaradas?

Muitas vezes esses educadores têm seus sentimentos como cartas na manga e os distribuem o tempo todo na forma de lições. Mas nem considerávamos isso na época.

Um de nós, no entanto, hesitou e realmente não queria nos acompanhar. Foi o Josef Behm, um sujeito gordo e cordial, mas, no fim das contas, se deixou persuadir, pois, do contrário, a vida ficaria impossível para ele. Talvez outros pensassem como ele, mas ninguém podia ficar de fora, porque até os pais prontamente usavam a palavra "covarde" naquele momento. As pessoas simplesmente não tinham ideia do que estava por vir. Os pobres e mais simples, na verdade, eram os mais razoáveis; imediatamente consideraram a guerra um infortúnio, enquanto os mais abastados ficaram radiantes de alegria, embora justamente estes pudessem ter percebido as consequências muito antes.

Katczinsky afirma que isso vem da educação, que idiotiza as pessoas. E, quando Kat diz, significa que pensou muito no assunto.

Curiosamente, Behm foi um dos primeiros a cair. Foi baleado no olho em uma tempestade, e nós o deixamos lá para morrer. Não podíamos levá-lo conosco porque precisávamos bater em retirada às pressas. À tarde, de repente ouvimos o rapaz chamando e o vimos rastejando do lado de fora das trincheiras. Tinha acabado de cair inconsciente. Como não enxergava e estava enlouquecido de dor, não usou nenhuma cobertura, então foi abatido lá do outro lado antes que alguém pudesse buscá-lo.

Claro, não se pode colocar nada disso na conta de Kantorek; o que restaria do mundo se quisessem chamar isso de culpa? Afinal, havia milhares de Kantoreks, todos convencidos de que estavam fazendo o melhor da forma que lhes era conveniente.

Para nós, aí reside o fracasso dessas pessoas.

Elas deveriam ter se tornado para nós, rapazes de dezoito anos, mediadoras e guias do mundo adulto, do mundo do trabalho, do dever, da civilização e do progresso, do futuro. Às vezes, zombávamos delas e lhes pregávamos peças, mas, no fim das contas, confiávamos nelas. Nas nossas cabeças, um maior discernimento e uma sabedoria mais humana associavam-se ao conceito de autoridade que representavam. No entanto, a primeira morte que presenciamos destruiu essa convicção. Tivemos que reconhecer que a nossa geração era mais honesta que a deles; só nos superavam nas palavras e na habilidade. O primeiro fogo cerrado nos mostrou nosso erro e, por trás dele, desmoronou a visão de mundo que eles haviam nos ensinado.

Enquanto continuavam escrevendo e falando, nós víamos hospitais e moribundos; enquanto eles declaravam que servir ao Estado era a melhor coisa, nós já sabíamos que o medo da morte é mais forte. Portanto, não nos tornamos amotinados, desertores, covardes – todas essas expressões estavam prontamente à mão para eles –; amávamos nossa pátria tanto quanto eles e enfrentamos cada ataque com coragem; mas agora víamos, de repente tínhamos aprendido a enxergar. E vimos que não sobrara nada do mundo deles. De repente, estávamos terrivelmente sozinhos – e precisávamos lidar com isso sozinhos.

Antes de partirmos para visitar Kemmerich, arrumamos as coisas dele; durante a viagem, ele poderá fazer bom uso delas.

O hospital de campanha está muito agitado; como sempre, cheira a fenol, pus e suor. Com muitas coisas acabamos nos acostumando nos acampamentos, mas aqui é possível ficar enjoado. Perguntamos por Kemmerich; ele está deitado em uma enfermaria e nos cumprimenta com uma leve expressão de alegria e impotente agitação. Seu relógio havia sido roubado enquanto estava inconsciente.

Müller balança a cabeça:

– Eu sempre disse para não carregar um relógio tão bom com você.

Müller é um pouco desajeitado e mandão. Caso contrário teria ficado de boca fechada, pois todos podem ver que Kemmerich não sairá mais daquela enfermaria. Não importa se encontrará seu relógio, no máximo poderão enviar o objeto para casa.

– Como vai, Franz? – pergunta Kropp.

Kemmerich abaixa a cabeça.

– Está tudo bem… só estou com uma dor maldita no pé.

Olhamos para o cobertor dele, sua perna está sob um cesto de arame, o edredom arqueado alto sobre ela. Chuto Müller na canela, porque ele conseguiu dizer a Kemmerich o que os enfermeiros lá fora já haviam nos contado: Kemmerich não tinha mais aquele pé. A perna havia sido amputada.

Ele tem uma aparência horrível, amarelo e pálido, já surgem aquelas linhas estranhas no rosto que conhecemos tão bem porque as vimos centenas de vezes. Não são linhas, na verdade, são mais sinais. A vida não pulsa mais embaixo da pele, já está sendo empurrada para fora do corpo, a morte está abrindo caminho para adentrar, ela já domina aqueles olhos. Ali jaz nosso camarada Kemmerich, que recentemente assou carne de cavalo conosco e conosco se agachava nas crateras abertas pelas bombas. Ainda é o mesmo e, no entanto, não é mais, sua imagem já está borrada, indefinida, como uma chapa na qual foram tiradas duas fotografias. Até a voz dele soa como se saída das cinzas.

Penso em como partimos para a guerra naquela época. A mãe dele, uma mulher gorda e bondosa, o levou à estação de trem. Chorava sem parar, seu rosto ficou muito inchado. Kemmerich ficou envergonhado porque ela era a menos composta de todas, derretia realmente em gordura e água. Ela estava atrás de mim, ficou agarrada ao meu braço e me implorava para cuidar de Franz enquanto estivéssemos longe. No entanto, ele tinha um rosto de criança e ossos tão moles que, depois de quatro semanas carregando uma mochila, ficou com os pés chatos. E como é possível cuidar de alguém no campo de batalha?

– Você vai voltar para casa agora – diz Kropp –, porque, se quisesses uma licença, teria que esperar pelo menos três ou quatro meses.

Kemmerich meneia a cabeça. Não consigo olhar muito bem para as mãos dele, pois parecem de cera, a sujeira da vala está presa embaixo das unhas, preto-azulada como veneno. Ocorre-me que essas unhas continuarão a crescer por muito tempo, excrescências subterrâneas fantasmagóricas, muito depois de Kemmerich ter parado de respirar. Vejo a imagem à minha frente: elas se enrolando como a ponta de um saca-rolhas, crescendo, crescendo, e com elas os cabelos no crânio em decomposição, como grama em terra fértil, exatamente como a grama, como é possível...?

Müller inclina-se:

– Trouxemos suas coisas, Franz.

Kemmerich aponta com a mão.

– Coloque embaixo da cama.

Müller faz o que foi pedido. Kemmerich começa a falar novamente do relógio. Como é possível acalmá-lo sem deixá-lo desconfiado?!

Müller volta a se levantar segurando um par de botas de aviador, são esplêndidos calçados ingleses de couro amarelo macio, chegando até o joelho e com cadarços que sobem até o fim do cano, um item cobiçado. Müller fica maravilhado com a visão delas, encosta as solas contra seus sapatos volumosos e pergunta:

– Quer levar as botas, Franz?

Nós três pensamos a mesma coisa: mesmo se ele melhorasse, só poderia usar uma das botas, por isso lhe seriam inúteis. E, do jeito que a situação está, seria uma pena que ficassem ali, porque os médicos, claro, vão carregá-las assim que ele falecer.

Müller refaz a pergunta:

– Não quer deixá-las aqui?

Kemmerich diz que não, porque são suas melhores peças.

– Também podemos trocar – sugere Müller de novo –, no campo, é preciso ter algo assim.

Mas Kemmerich não se deixa demover.

Dou um chute no pé de Müller; hesitante, ele guarda as belas botas debaixo da cama.

Conversamos um pouco mais e depois nos despedimos.

– Melhoras, Franz.

Prometo a ele que voltarei amanhã. Müller também promete; está pensando nas botas de amarrar e, portanto, quer ficar de olho.

Kemmerich geme. Tem febre. Paramos um enfermeiro lá fora e o convencemos a dar uma injeção em Kemmerich.

Ele se recusa:

– Se fôssemos dar morfina a todos, precisaríamos ter barris cheios.

– Decerto você só serve a oficiais – diz Kropp com a voz furiosa.

Rapidamente intervenho e entrego de pronto um cigarro ao enfermeiro. Ele o pega, e então pergunto:

– Você tem permissão para dar injeções?

Ele fica ofendido:

– Se não acredita, por que está me perguntando…?

Deixo mais alguns cigarros na mão dele.

– Faça esse favor…

– Tudo bem – concorda ele.

Kropp o acompanha, não confia no homem e quer assistir. Ficamos lá fora, esperando.

Müller recomeça a falar das botas:

– Ficariam perfeitas em mim. Essas canoas aqui só me dão bolha em cima de bolha. Acha que ele vai durar até amanhã depois do serviço? Se ele se for à noite, até parece que vamos encontrar as botas aqui amanhã cedo...

Albert volta:

– Vocês acham que...? – pergunta.

– Já era – conclui Müller.

Voltamos ao acampamento. Penso na carta que terei de escrever para a mãe de Kemmerich no dia seguinte. Sinto muito frio, gostaria de beber uma aguardente. Müller puxa um talo de grama e o mastiga. De repente, o pequeno Kropp joga fora o cigarro, o pisoteia freneticamente, olha ao redor com uma expressão desfigurada e perturbada e gagueja:

– Merda desgraçada, que merda desgraçada.

Avançamos durante muito tempo. Kropp acalmou-se, nós conhecemos aquilo, é a loucura do front, todo mundo tem de vez em quando. Müller pergunta a ele:

– O que o Kantorek escreveu para você, de verdade?

Ele ri:

– Que seríamos a juventude de ferro.

Nós três rimos, exasperados. Kropp solta impropérios, feliz por poder falar.

Exato, é o que pensam, é isso que pensam os cem mil Kantoreks! Juventude de ferro. Juventude! Nenhum de nós tem mais de vinte anos. Mas, jovens? Juventude? Faz muito tempo. Já somos velhos.

2

É estranho pensar que lá em casa, em uma gaveta da escrivaninha, há o início de uma peça, Saul, e uma pilha de poemas. Passei muitas noites trabalhando neles, quase todos fizemos algo semelhante; mas tudo ficou tão irreal para mim que não consigo mais relembrar as situações.

Desde que chegamos aqui, nossa vida antiga nos foi tirada, sem que pudéssemos fazer nada a respeito. Às vezes tentamos ter uma visão geral e uma explicação para tanto, mas não conseguimos alcançá-las. Tudo é especialmente obscuro para nós, justamente aos vinte anos; para Kropp, Müller, Leer, para mim, para nós, a quem Kantorek descreve como a "juventude de ferro". Todos os veteranos estão ligados com firmeza ao passado, têm razões, esposas, filhos, empregos e interesses tão fortes que a guerra não consegue arrancar deles. Mas nós, jovens de vinte anos, temos nossos pais, alguns têm uma namorada. Não é muito, porque, na nossa idade, a força dos pais é mais fraca, e as garotas ainda não nos dominam. Além disso, não havia muito mais para nós; alguma paixão, algum passatempo e os estudos; nossa vida não ia além disso. E de tudo isso nada restava.

Kantorek diria que estávamos exatamente no limiar da existência. E é mais ou menos isso. Ainda não estávamos enraizados. A guerra nos devastou. Para os outros, os veteranos, é uma interrupção, eles conseguem pensar além dela. Mas nós fomos apanhados por ela e não sabemos como terminará. Por enquanto tudo o que sabemos é que somos brutalizados de uma maneira estranha e melancólica, embora nem fiquemos tristes com tanta frequência.

Müller quer ficar com as botas de Kemmerich, mas nem por isso ele é menos solidário que alguém que, por dor, não ousou pensar nelas. Simplesmente, ele sabe diferenciar as coisas. Se as botas de Kemmerich tivessem alguma utilidade, Müller preferiria andar descalço sobre arame farpado do que pensar em uma maneira de obtê-las. Mas as botas nada têm de útil na condição de Kemmerich, ao passo que Müller pode fazer um bom uso delas. Kemmerich vai morrer, não importa quem fique com elas. Então, por que Müller não deveria cobiçá-las, já que tem mais direito a isso do que um enfermeiro? Quando Kemmerich estiver morto, será tarde demais. É por isso que Müller já está de olho.

Perdemos a noção de outras relações porque são artificiais, apenas os fatos são verdadeiros e importantes para nós. E boas botas são raras.

Antes as coisas também eram diferentes. Quando chegamos à junta distrital, éramos uma turma de vinte jovens que, alguns pela primeira vez, se deixaram barbear de um jeito orgulhoso antes de entrar no pátio do quartel. Não tínhamos planos concretos para o futuro, pouquíssimos pensavam sobre carreira e trabalho de maneira tal que pudesse significar um modo de vida; mas estávamos cheios de ideias vagas que, aos nossos olhos, conferiam à vida, e também à guerra, um caráter idealizado e quase romântico.

Recebemos treinamento militar durante dez semanas e, nesse período, fomos transformados de modo mais decisivo do que em dez anos de estudos formais na escola. Aprendemos que um botão bem polido é mais importante que quatro volumes de Schopenhauer. A princípio espantados, depois exasperados e, por fim, indiferentes, percebemos que não era o espírito o que importava, mas a escova de limpeza; não era o pensamento, mas o sistema; não era a liberdade, mas os exercícios. Com entusiasmo e boa vontade viramos soldados, mas fizeram de tudo para tirar ambos os sentimentos de nós. Depois de três semanas, não era mais inimaginável para nós que um mensageiro envergando um casaco cheio de distintivos tivesse mais poder sobre nós do que costumavam ter, somados, nossos pais, nossos educadores e toda a genialidade da civilização, de Platão a Goethe. Com nossos olhos jovens e alertas, vimos que o clássico conceito de pátria de nossos professores era provisoriamente concretizado aqui, em uma renúncia da própria personalidade que nunca se esperaria do mais humilde serviçal. Bater continência, ficar em posição de sentido, desfilar, apresentar armas, virar à direita, virar à esquerda, bater os calcanhares, soltar imprecações e sofrer mil assédios: tínhamos pensado em nossa tarefa de maneira diferente e descobrimos que estávamos sendo preparados para o heroísmo do mesmo modo como se treinam pôneis de circo. Porém, logo nos acostumamos. Até entendemos que algumas dessas coisas eram necessárias, mas outras eram igualmente supérfluas. O soldado tem um faro aguçado para essas diferenças.

Em grupos de três e quatro, nossa turma se espalhou entre os cabos, ao lado de pescadores, lavradores, operários e artesãos da Frísia, com quem rapidamente travamos amizade. Kropp, Müller, Kemmerich e eu chegamos ao nono destacamento, chefiado pelo cabo Himmelstoss.

Ele era considerado o carrasco mais feroz no pátio do quartel, e esse era o seu orgulho. Um sujeito baixo e atarracado, com um bigode torcido e levantado, que servira por doze anos e tinha sido carteiro na vida civil. Tinha um interesse particular por Kropp, Tjaden, Westhus e por mim, pois sentia nosso conflito silencioso.

Certa manhã, tive que estender a cama dele catorze vezes; ele sempre encontrava algo de errado nela e a desfazia. Em um período de vinte horas de trabalho – com pausas, é claro –, engraxei um par de botas velhas e duras como pedra, deixando-as tão macias que nem Himmelstoss pudesse encontrar algum defeito nelas; limpei o gabinete do cabo com uma escova de dentes por ordem sua; Kropp e eu começamos a varrer a neve do pátio do quartel com uma escova de mão e uma pá, e teríamos aguentado até morrermos congelados se não tivesse aparecido por acaso um tenente que nos mandou embora e repreendeu Himmelstoss com veemência. Infelizmente, o único resultado foi que Himmelstoss ficou ainda mais zangado conosco. Fiquei de guarda todos os domingos por quatro semanas seguidas e fiz faxina pelo mesmo período; treinei "levantar, marche, marche" e "deitar" em um campo recém-arado e molhado com um fuzil em mãos e com a mochila cheia até me tornar um bolo de lama e desmaiar; quatro horas depois, mostrei meu equipamento impecavelmente limpo a Himmelstoss, ainda que as minhas mãos estivessem esfoladas e ensanguentadas. Kropp, Westhus, Tjaden e eu ficamos em posição de sentido por quinze minutos sem luvas em um frio rigoroso, meus dedos nus no cano gelado do fuzil, com Himmelstoss à espreita, nos cercando, esperando o menor movimento para apontar nossa falha. Corri oito vezes durante a madrugada, às duas da manhã, em mangas de camisa, do último andar do quartel até o pátio, porque minhas roupas de baixo ultrapassaram em alguns centímetros a borda da banqueta sobre a qual todos empilhavam suas coisas. Corria ao meu lado o cabo de serviço, Himmelstoss, e pisava nos dedos do meu pé; tive que lutar constantemente com Himmelstoss no treino de baionetas, eu com uma armação de ferro pesada, e ele com um fuzil de madeira à mão, para que ele pudesse facilmente ferir meus braços, deixando-os arroxeados. No entanto, a certa altura desses treinos, fiquei com tanta raiva que saltei cegamente sobre ele e lhe dei um soco tão forte no estômago que ele despencou. Quando quis reclamar de mim, o comandante da companhia riu dele e lhe disse para ter cuidado; conhecia Himmelstoss e pareceu se alegrar com sua derrota. Eu me tornei um perfeito escalador de barreiras, aos poucos também fui dominando a arte dos agachamentos; estremecíamos só de ouvir sua voz, mas esse cavalo desenfreado não nos intimidou.

Certo domingo, enquanto Kropp e eu arrastávamos pelo acampamento os baldes da latrina suspensos por uma vara, Himmelstoss, impecavelmente limpo e pronto para sair, passou por nós, parou na nossa frente e perguntou se gostávamos daquele trabalho. Fingindo um tropeção, derrubamos o balde nas suas pernas. Ele ficou furioso, mas tinha passado dos limites.

– Isso vai render cadeia para vocês – berrou ele.

Kropp estava farto:

– Mas antes de qualquer coisa vai haver investigação, e vamos abrir o bico – retrucou ele.

– Veja como fala com um cabo! – urrou Himmelstoss. – Ficou maluco? Espere até eu fazer as perguntas! O que o senhor vai fazer?

– Abrir o bico sobre o senhor cabo! – Kropp respondeu e enfiou as mãos nos bolsos das calças.

Himmelstoss percebeu o que estava acontecendo ali e se afastou sem dizer palavra. Antes de desaparecer, esbravejou:

– Vocês vão ver.

Mas ele não tinha mais autoridade. Tentou novamente nos campos arados com os exercícios de "deitar" e "levantar, marche, marche". Obedecíamos a todos os comandos; porque ordem é ordem e deve ser obedecida, mas a cumpríamos de forma tão vagarosa que Himmelstoss se exasperava.

Nós nos acomodamos confortavelmente de joelhos, e em seguida sobre os braços e assim por diante; nesse meio-tempo, ele, já furioso, havia dado outro comando. Antes de começarmos a suar, ele já havia ficado rouco. Então nos deixou em paz. Ainda assim se referia a nós como cães malditos, mas havia aí uma certa deferência.

Havia também muitos cabos que eram mais sensatos; os decentes eram, até mesmo, uma maioria. Mas, acima de tudo, todos queriam manter seu emprego pelo maior tempo possível, e só poderiam fazê-lo se fossem rígidos com os recrutas.

E por isso precisávamos aguentar todo tipo de exercício extenuante no pátio do quartel e, muitas vezes, uivávamos de raiva. Alguns de nós também adoeceram como resultado, Wolf até morreu de pneumonia, mas nos sentiríamos ridículos se tivéssemos fraquejado. Endurecemos, ficamos desconfiados, implacáveis, vingativos, brutos – e isso foi bom, pois exatamente essas características nos faltavam. Se tivéssemos sido enviados para as trincheiras sem esse período de treinamento, a maioria de nós provavelmente teria enlouquecido. Mas como passamos por esse tempo, estávamos preparados para o que nos aguardava.

Não abaixamos a cabeça, nos adaptamos; nossos vinte anos, que dificultavam algumas outras coisas, nos ajudaram nesses esforços. No entanto, o mais importante foi que tudo isso despertou em nós um senso de solidariedade firme e prático, que cresceu no campo até virar o melhor que a guerra produzia: a camaradagem!

Estou sentado ao lado da cama de Kemmerich, que está cada vez mais debilitado. Há uma balbúrdia ao nosso redor. Um trem-hospital chegou, e os feridos aptos a ser transportados estão sendo selecionados. O médico passa pela cama de Kemmerich e nem olha para ele.

– Fica para a próxima, Franz – comento.

Ele se ergue sobre os travesseiros, apoiado nos cotovelos:

– Eles me amputaram.

Então agora ele já sabe. Concordo com a cabeça e respondo:

– Fique feliz por ter escapado.

Ele se cala.

E eu continuo:

– Poderiam ter sido as duas pernas, Franz. Wegeler perdeu o braço direito, é muito pior. Você também vai voltar para casa.

Ele me encara:

– Você acha?

– Claro.

Ele repete:

– Você acha?

– Claro, Franz. Só precisa se recuperar da cirurgia antes.

Ele acena para eu me aproximar. Inclino-me sobre ele, que sussurra:

– Não acredito nisso.

– Não fale bobagem, Franz, você vai ver com seus próprios olhos em alguns dias. Nem é tão difícil assim, uma perna amputada. Coisas tão diferentes são consertadas por aqui.

Ele levanta a mão:

– Olhe para os meus dedos.

– É da cirurgia. É só se alimentar direito que vai se recuperar logo. Estão lhe dando uma alimentação decente?

Ele aponta para uma tigela que ainda está pela metade. Fico agitado:

– Franz, você precisa comer. Comer é essencial. E isso aqui está bem gostoso.

Ele se recusa. Depois de um tempo quieto, diz bem devagar:

– Eu queria ser guarda-florestal.

– Ainda pode ser – conforto. – Agora existem próteses excelentes, nem dá para perceber que está faltando alguma coisa. São ligadas aos músculos. Com mãos protéticas, é possível mover os dedos e trabalhar, até mesmo escrever. E, além disso, ainda vão inventar coisas mais modernas.

Ele fica um tempo em silêncio e em seguida diz:

– Pode entregar minhas botas de amarrar para o Müller.

Concordo com a cabeça e penso no que posso dizer para animá-lo. Os lábios dele estão desaparecendo, o orifício da boca havia crescido, os dentes parecem protuberantes como se feitos de giz. A carne derrete a olhos vistos, a testa fica mais saliente, as maçãs do rosto estão ficando pontudas, como se o esqueleto estivesse abrindo caminho para a superfície. Os olhos parecem cada vez mais fundos. Tudo vai estar terminado em algumas horas.

Não é o primeiro que vejo assim, mas nós crescemos juntos, por isso é bem diferente. Eu copiava as redações dele. Franz geralmente usava um terno marrom com cinto para ir à escola, as mangas já brilhosas de tão puídas. Também era o único de nós que conseguia fazer um giro completo na barra fixa. Seus cabelos voavam no rosto como seda quando ele fazia esse giro. Kantorek se orgulhava dele por isso. Mas ele não suportava cigarros. Sua pele era muito pálida, tinha algo de menina.

Olho para as minhas botas. São grandes e volumosas, embaixo das calças dobradas; quando a pessoa se levanta, parece corpulenta e forte naqueles canos largos. Porém, quando nos despimos para tomar banho, de repente as pernas e os ombros voltam a ficar estreitos. Nesse momento não somos mais soldados, mas quase meninos; dificilmente se acreditaria que também conseguimos carregar mochilas. É estranho quando estamos nus; viramos civis e quase nos sentimos assim.

Franz Kemmerich parecia pequeno e magro como uma criança ao tomar banho. Ali está ele, deitado. Por quê? Seria preciso fazer todo mundo passar por esta cama e dizer: "Este é Franz Kemmerich, tem dezenove anos e meio e não quer morrer. Não deixem que morra!".

Meus pensamentos ficam confusos, o cheiro de fenol e gangrena congestiona os pulmões, parece um mingau espesso e sufocante.

Está escurecendo, o rosto de Kemmerich empalidece, ele se ergue dos travesseiros e está tão branco que chega a brilhar. A boca se move, emitindo um som muito baixo. Eu me aproximo, e ele sussurra:

– Se encontrar o meu relógio, mande para a minha casa.

Não retruco, pois já não adianta. É impossível convencê-lo. Estou me sentindo miserável pela impotência. Essa testa com as têmporas afundadas, essa boca que é apenas uma fileira de dentes, esse nariz pontiagudo! E a mulher gorda e chorosa em casa para quem tenho que escrever. Se ao menos eu já tivesse enviado a carta.

Os atendentes do hospital andam para lá e para cá com frascos e baldes. Um aparece, lança um olhar de escrutínio para Kemmerich e volta a se afastar. Dá para ver que ele está aguardando, provavelmente precisando do leito.

Aproximo-me de Franz e falo como se minhas palavras pudessem salvá-lo:

– Talvez você possa ir para a casa de repouso em Klosterberg, Franz, entre aquelas mansões. Da janela, vai poder observar os campos e as duas árvores no horizonte. É a melhor época agora, quando o milho está amadurecendo e, à tardinha, ao sol, os campos parecem madrepérola. E a alameda dos choupos ao lado do Klosterbach, onde pescávamos esgana-gatos! Daí você poderá montar de novo um aquário e criar peixes, poderá sair sem precisar da autorização de ninguém e até tocar piano, se quiser.

Inclino-me sobre seu rosto, que está na penumbra. Ele ainda está respirando, baixinho. O rosto está úmido, ele chora. Acabei fazendo uma grande bobagem com minha conversa idiota!

– Mas, Franz... – seguro os ombros dele e pouso a mão em seu rosto. – Quer dormir agora?

Ele não responde. Lágrimas escorrem pelas bochechas. Quero limpá-las, mas meu lenço está muito sujo.

Uma hora se passa. Estou sentado, tenso, e observo cada expressão dele para ver se gostaria de dizer mais alguma coisa. Se ao menos ele abrisse a boca e gritasse! Mas só chora com a cabeça virada para o lado. Não fala da mãe nem dos irmãos, não fala nada, provavelmente tudo isso já ficou no passado; agora está sozinho com seus breves dezenove anos e chora porque os deixa para trás.

Essa foi a despedida mais perplexa e mais difícil que já vi, embora a de Tjaden também tenha sido péssima: ele gritava pela mãe, um sujeito forte como um urso e que, com olhos arregalados e apavorados, munido de uma baioneta, afastou o médico da sua cama até desmaiar.

De repente, Kemmerich geme e começa a estertorar.

Levanto-me de um salto, saio cambaleando e pergunto:

– Onde está o médico? Onde está o médico?

Quando vejo o jaleco branco, agarro-o:

– Venha rápido, ou o Franz Kemmerich vai morrer.

Ele se desvencilha e pergunta a um atendente do hospital que está ao seu lado:

– O que significa isso?

O enfermeiro responde:

– Leito 26, perna amputada.

Ele rosna:

– Como vou saber? Amputei cinco pernas hoje! – em seguida, me empurra e diz ao assistente: – Cuide disso. – E corre para a sala de cirurgia.

Tremo de raiva enquanto acompanho o enfermeiro. O homem olha para mim e comenta:
– Uma cirurgia atrás da outra, desde as cinco horas da manhã... inacreditável, isso eu lhe digo, dezesseis baixas só hoje... a sua é a décima sétima. Com certeza chegarão a vinte...

Eu me sinto fraco, de repente não consigo mais. Não quero mais bater boca, é inútil, gostaria de me deixar cair e nunca mais levantar.

Chegamos à cama de Kemmerich. Ele está morto. O rosto ainda está molhado de lágrimas. Os olhos estão entreabertos, amarelos como antigos botões feitos de chifre.

O enfermeiro me cutuca com o cotovelo.
– Vai levar as coisas dele?

Confirmo com a cabeça.

Ele continua:
– Temos de levá-lo daqui agora mesmo, precisamos do leito. Tem gente deitada lá fora no corredor.

Pego as coisas e retiro a plaqueta de identificação de Kemmerich. O enfermeiro pede a caderneta do soldo, que não está lá. Digo que provavelmente estaria no escritório do quartel e saio. Atrás de mim, já estão arrastando Franz sobre uma lona encerada.

Na porta, sinto a escuridão e o vento como uma redenção, respiro o mais fundo que posso e sinto no rosto o ar mais quente e suave do que nunca. De repente, pensamentos sobre garotas, campinas floridas e nuvens brancas passam pela minha cabeça. Meus pés avançam dentro das botas, ando mais rápido, corro. Soldados passam por mim, suas conversas me agitam sem que eu as entenda. As forças fluem pela terra e através das solas dos meus pés para dentro de mim. A noite estala como a eletricidade, há trovões abafados no front, como uma apresentação de tambores. Meus membros se movem, flexíveis, sinto as articulações fortes, arfo e arquejo. A noite está viva, eu estou vivo, faminto, com uma fome maior que a do estômago.

Müller está parado diante do quartel me esperando. Entrego-lhe as botas. Entramos, e ele as experimenta. Servem perfeitamente.

Ele vasculha seus suprimentos e me oferece um belo pedaço de salsicha cervelá. Para acompanhar, há também chá muito quente com rum.

3

Recebemos reforços. As vagas são preenchidas, e os colchões de palha do quartel logo ficam ocupados. Alguns deles têm mais idade, mas 25 jovens, substitutos dos postos de recrutamento, também nos são encaminhados. São quase um ano mais novos que nós. Kropp me cutuca:

– Viu a criançada?

Confirmo com a cabeça. Estufamos o peito, fazemos a barba no pátio, enfiamos as mãos nos bolsos, encaramos os recrutas e nos sentimos militares veteranos.

Katczinsky junta-se a nós. Caminhamos pelos estábulos e vamos até os recém-chegados, que estão recebendo máscaras de gás e café. Kat pergunta a um dos mais novos:

– Vocês não recebem nada decente para comer faz tempo, certo?

Ele fechou a cara:

– Pão de nabo pela manhã, pão de nabo na hora do almoço, fritada e salada de nabo à noite.

Katczinsky lança um assobio vigoroso.

– Pão de nabo? Vocês estão com sorte, também fazem com serragem. Mas e o feijão branco, quer um pouco?

O menino enrubesce:

– Não precisa debochar.

Katczinsky apenas responde:

– Pegue sua marmita e talheres.

Seguimos curiosos. Ele nos leva a um tonel ao lado de seu colchão de palha. Na verdade, ele está meio cheio de feijão branco com carne. Katczinsky se posta diante do tonel como um general e diz:

– Abra os olhos, estique os dedos! Essa é a palavra de ordem entre os prussianos.

Ficamos surpresos. Eu pergunto:

– Que merda, Kat, como conseguiu isso?

– O Tomate ficou feliz quando tirei esse tonel das mãos dele. Troquei por três pedaços de seda de paraquedas. Bem, feijão branco é uma delícia também frio.

De um jeito condescendente, ele entrega uma porção ao rapaz e diz:

– Na próxima vez que vier aqui com a marmita, traga um charuto ou uma porção de tabaco na mão esquerda. Entendeu?

Então ele se vira para nós:

– Claro que não vale para vocês.

Katczinsky é indispensável, pois tem um sexto sentido. Existem pessoas assim em todos os lugares, mas ninguém as vê dessa forma desde o início. Cada companhia tem um ou dois deles. Katczinsky é o mais inteligente que conheço; acho que é sapateiro de profissão, mas não importa, ele conhece todos os ofícios. É bom ter feito amizade com ele. Somos nós, Kropp e eu, além de Haie Westhus, um pouco. Mas ele é mais como um órgão executivo, pois trabalha sob o comando de Kat quando aparece alguma coisa que exige punhos. Por isso, ele tem seu valor.

Por exemplo, à noite chegamos a um lugar completamente desconhecido, uma cidadezinha triste que logo se vê que está arruinada, sobrando apenas as paredes. O alojamento é uma fábrica pequena e escura que foi equipada apenas para esse fim. Há camas nela, ou melhor, só os estrados, algumas ripas de madeira cobertas com uma tela de arame.

A malha de arame é dura. Não temos nada para colocar sobre ela, pois precisamos dos nossos cobertores para nos cobrir. A lona da barraca é fina demais.

Kat dá uma olhada e diz a Haie Westhus:

– Vem comigo.

Eles partem por aquele lugarejo completamente desconhecido. Meia hora depois estão de volta, com os braços cheios de palha. Kat encontrou um estábulo, e nele a palha. Poderíamos dormir aquecidos agora se não tivéssemos uma fome tão terrível.

Kropp pergunta a um artilheiro que está na região já faz algum tempo:

– Tem algum refeitório por aqui?

Ele ri:

– Tem o quê? Não tem nada aqui. Nem casca de pão.

– Não sobrou nenhum morador?

Ele cospe:

– Sim, alguns. Mas até eles ficam perambulando pelos caldeirões, mendigando.

É terrível. Então precisamos apertar os cintos e esperar até amanhã, quando a boia vai chegar.

No entanto, vejo Kat colocar o gorro e pergunto:

– Aonde vai, Kat?

– Dar uma olhada na situação.

Ele se afasta, caminhando.

O artilheiro abre um sorrisinho irônico:

– Vai olhar! Não vá se cansar de tanto checar.

Decepcionados, nos deitamos e consideramos se devemos atacar as porções de emergência. Mas é arriscado demais. Então tentamos dar uma cochilada.

Kropp parte um cigarro e me entrega metade. Tjaden fala sobre seu prato nacional preferido, feijão graúdo com toucinho. Ele condena a preparação de feijão sem verduras. Acima de tudo, é preciso cozinhar tudo junto; pelo amor de Deus, não se pode cozinhar batatas, feijão e toucinho separadamente. Alguém rosnou que bateria em Tjaden até ele virar uma sopa de feijão se não calasse a boca naquele instante. Então, o grande cômodo fica silencioso. Apenas algumas velas tremeluzem nos gargalos das garrafas, e, de vez em quando, o artilheiro cospe.

Estamos começando a cochilar quando a porta se abre e Kat aparece. Penso que estou sonhando: ele traz dois filões de pão embaixo do braço e na mão um saco de areia ensanguentado contendo carne de cavalo.

O cachimbo do artilheiro cai da sua boca. Ele toca o pão.

– É de verdade, é pão mesmo, e quentinho.

Kat não fala mais sobre isso. Ele tem o pão, o resto não interessa. Tenho certeza de que, se deixado no deserto, em uma hora ele encontraria tâmaras, carne assada e vinho para o jantar.

Ele ordena brevemente a Haie:

– Corte lenha.

Em seguida, tira uma frigideira de dentro do casaco, um punhado de sal do bolso e até uma fatia de gordura; ele pensou em tudo. Haie faz uma fogueira no chão, que crepita no espaço vazio da fábrica. Saímos das nossas camas.

O artilheiro hesita, pensando se deve elogiar para que sobre alguma coisa para ele também. Mas Katczinsky nem sequer o vê, é como se não estivesse ali. Então o artilheiro sai, xingando.

Kat sabe assar carne de cavalo até ficar macia. Ela não deve ir direto para a panela, do contrário fica dura. Deve ser fervida antes em um pouco de água. Sentamo-nos em círculo munidos de nossas facas e enchemos a barriga.

Esse é o nosso Kat. Se algo comestível pudesse ser encontrado em uma região durante uma hora por ano, naquela mesma hora, como se fosse levado por uma iluminação, ele colocaria o gorro e sairia na direção desse alimento como uma bússola e o encontraria.

Ele encontra tudo – quando está frio, um pequeno fogareiro e lenha, feno e palha, mesas, cadeiras –, mas, sobretudo, comida. É intrigante, pois seria de se pensar que ele cria tudo aquilo como por encanto. Sua grande façanha foram quatro latas de lagosta. No entanto, teríamos preferido banha.

Fomos nos estender no lado ensolarado do quartel. Cheira a alcatrão, verão e pés suados.

Kat senta-se ao meu lado, pois gosta de conversar. Praticamos continências por uma hora esta tarde porque Tjaden fez uma saudação descuidada a um major. Kat não consegue tirar isso da cabeça. Ele diz:

– Cuidado, estamos perdendo a guerra porque somos bons demais em cumprimentar.

Kropp aproxima-se, descalço, com seu passo de cegonha e as calças arregaçadas. Ele deixa as meias lavadas sobre a grama para secar. Kat olha para o céu, solta um peido bem alto e diz, pensativo:

– Para cada feijãozinho vem um barulhinho.

Os dois começam uma competição. Ao mesmo tempo, apostam uma garrafa de cerveja para saber quem será o vencedor de uma batalha aérea que acontece acima de nós.

Kat não se deixa dissuadir de sua opinião, que, como um soldado veterano do front, de novo recita em rimas:

– Com o mesmo salário e a mesma comida, a guerra teria sido há muito esquecida.

Kropp, por outro lado, é um pensador. Sugere que uma declaração de guerra deveria ser uma espécie de festa popular, com ingressos e música, como nas touradas. Então os ministros e generais dos dois países, em calções de banho e armados com porretes, teriam que se digladiar na arena. Quem resistisse, veria seu país vencedor. Seria mais fácil e melhor do que aqui, onde as pessoas erradas estão lutando entre si.

Gosto da sugestão. Em seguida, a conversa passa para o treino do quartel.

Uma imagem me vem à mente. Meio-dia radiante no pátio do quartel. O calor assola o local. O quartel parece deserto. Tudo está em um estado de sonolência. Só se ouvem percussionistas praticando, se alinharam em algum lugar e estão treinando de um jeito desajeitado, monótono, estúpido. Que tríade: calor do meio-dia, pátio do quartel e treino de tambor!

As janelas do quartel estão vazias e escuras. Em algumas, pendem calças de fardas. Olha-se para elas com vontade de entrar. Os alojamentos são frescos.

Ah, os alojamentos escuros e mofados com as camas de ferro, as camas quadriculadas, os armários e os bancos diante deles! Até vocês podem se tornar objetos de desejo; aqui fora vocês são um reflexo fabuloso da terra natal, com seus aposentos cheios de uma névoa que cheira a refeições rançosas, sono, cigarros e roupas!

Katczinsky os descreve com exuberância de cores e gestos grandiosos. O que não daríamos para voltar a eles! Porque nossos pensamentos não se atrevem a ir além...

E as horas de instrução de manhã cedo: "O rifle 98 é composto por quais partes?", as horas de ginástica à tarde: "Pianistas, um passo à frente. Direita, volver. Apresentem-se na cozinha para descascar batatas".

Regalamo-nos com as lembranças. De repente, Kropp ri e diz:

— Baldeação em Löhne.

Esse era o jogo favorito do nosso oficial. Löhne é uma estação de baldeação. Para que nossos licenciados do verão não se perdessem por lá, Himmelstoss praticava a troca de trem conosco nos alojamentos do quartel. Tínhamos que aprender que em Löhne é possível chegar ao trem de baldeação por meio de uma passagem subterrânea. As camas representavam a passagem subterrânea, e todos ficavam em pé ao lado delas. Então vinha o comando: "Baldeação em Löhne!" e, como um relâmpago, todos rastejavam por baixo das camas até o outro lado. Praticávamos isso por horas.

Nesse meio-tempo, o avião alemão foi abatido. Como um cometa, desce em uma nuvem de fumaça. Kropp perdeu uma garrafa de cerveja e conta o dinheiro com tristeza.

— Sendo carteiro, Himmelstoss é certamente um homem humilde — comentei, depois que a decepção de Albert diminuiu. — Como é que, como cabo, virou um patife desses?

A pergunta faz Kropp se reanimar:

— Não é só o Himmelstoss, tem muitos. Quando recebem galões ou um sabre, viram pessoas diferentes, como se fossem os maiorais.

— É o uniforme que faz isso — suponho.

— Mais ou menos — diz Kat, preparando-se para fazer um grande discurso –, mas a razão é outra. Olha só, se você treinar um cachorro para comer batatas e depois estender um pedaço de carne para ele, ele ainda assim vai pegar a carne, porque essa é a natureza dele. E quando se dá a um homem um pouco de poder, acontece a mesma coisa, ele vai pegar esse poder. Isso vem naturalmente, porque o homem é, antes de tudo, um animal, e só depois, como um pão sobre o qual se espalha manteiga, talvez adquira um pouco de decência. Então o poder de um homem sobre o outro é a base do exército. O ruim é que todo mundo tem poder demais; um cabo pode pegar no pé até enlouquecer um soldado, um tenente pode fazer isso com um cabo, um capitão com um tenente. E como eles sabem disso, logo se acostumam a fazê-lo. Basta pegar a coisa mais simples: chegamos do desfile e estamos mortos de cansaço. Em seguida, recebemos outra ordem: "Cantem!". Bem, o canto vai sair relaxado, pois todos estão felizes por ainda conseguirem carregar os rifles. E a companhia dá meia-volta e precisa fazer uma hora de exercícios como punição. Na marcha do retorno, é hora de cantar novamente: "Cantem!", e então se canta de novo. Qual é o objetivo disso tudo? O comandante da companhia conseguiu o que queria, porque tinha poder para isso. Ninguém vai repreendê-lo; pelo contrário, ele é considerado forte. Mas isso é só uma ninharia, tem outras coisas que eles fazem para pegar no pé. Agora eu pergunto a vocês: não importa o que seja o civil, em que profissão ele pode se dar ao luxo de fazer algo assim sem tomar um murro nas fuças? Só se pode fazer isso no exército! Vejam, isso sobe à cabeça de qualquer um! E quanto menos um sujeito tinha voz na vida de civil, mais esse poder lhe sobe à cabeça.

– Dizem que é preciso haver disciplina – diz Kropp com suas dúvidas.

— Eles sempre têm justificativas – rosna Kat. – Pode até ser, mas não precisa virar importunação. Explique isso para um serralheiro, um criado ou um operário, explique isso para um recruta caipira, que são a maioria aqui; ele só enxerga que está sendo abusado e que vai para o campo de batalha, e sabe exatamente o que é necessário e o que não é. Estou dizendo a vocês: o que o soldado raso aguenta aqui no front é muita coisa! É muita coisa!

Todos concordam, porque todos sabemos que o exercício só termina nas trincheiras, mas recomeça alguns quilômetros antes do front com as maiores sandices, com continências e paradas. Pois essa é uma lei pétrea: o soldado precisa estar ocupado de qualquer jeito.

Mas agora Tjaden aparece com o rosto vermelho. Está tão animado que gagueja. Sorrindo, ele soletra:

— Himmelstoss está a caminho. Ele vai para o front.

Tjaden tem uma raiva extrema de Himmelstoss pela maneira como ele o educava no acampamento. Tjaden molha a cama à noite, o que só lhe acontece dormindo. Himmelstoss insiste que é apenas preguiça e encontrou um remédio digno dele para curar Tjaden. No quartel vizinho, descobriu um segundo molha-cama, cujo nome era Kindervater, que ele alojou com Tjaden. O quartel tinha estruturas de beliche típicas, duas camas uma sobre a outra, cujos estrados eram feitos de arame. Himmelstoss juntou os dois para que um ficasse com a cama de cima e o outro com a cama de baixo. O que ficava embaixo obviamente sofria de forma terrível. Na noite seguinte, eles trocavam, o de baixo subia para poder se vingar. Essa era a autoeducação de Himmelstoss.

Como ideia até não era ruim, mas a execução era falha. Infelizmente não funcionava porque a premissa não estava correta: não era preguiça da parte de nenhum deles. Qualquer um que olhasse a pele amarelada dos dois conseguiria adivinhar. A questão terminava com um dos dois dormindo no chão ao lado da cama, e este facilmente podia pegar um resfriado.

Nesse meio-tempo, Haie também se acomodou ao nosso lado. Ele pisca para mim e esfrega as mãos, pensativo. Passamos juntos o dia mais bonito da nossa vida militar. Isso foi na noite antes da nossa partida para o campo de batalha. Tínhamos sido designados para um dos regimentos mais numerosos, porém antes tínhamos sido mandados de volta ao alojamento para receber o uniforme – não para o alojamento dos recrutas, mas para outro quartel. Tínhamos que sair bem cedo na manhã seguinte. À noite, nos preparamos para acertar as contas com Himmelstoss. Juramos isso uns aos outros por semanas. Kropp chegara a se candidatar a um trabalho nos correios em tempos de paz para, mais tarde, quando Himmelstoss voltasse a ser carteiro, virar seu chefe. Ele deleitava-se com as imagens de como iria esfolá-lo. Exatamente por isso ele não conseguia nos diminuir; sempre esperávamos pegá-lo em algum momento, no mais tardar ao fim da guerra.

Enquanto isso, queríamos lhe dar uma boa surra. O que poderia acontecer conosco, desde que ele não nos reconhecesse? Além disso, partiríamos bem cedo no dia seguinte.

Sabíamos em que bar ele bebia todas as noites. Se ele fosse de lá para o quartel, teria que passar por uma rua escura e deserta. Lá nos escondemos atrás de uma pilha de pedras. Levei um lençol comigo. Tremíamos com a expectativa de ele vir sozinho ou ter companhia. Por fim, ouvimos seus passos, os conhecíamos bem, já os tínhamos ouvido muitas vezes pelas manhãs, quando a porta se abria e ele gritava: "Levantar!".

– Está sozinho? – perguntou Kropp em um sussurro.

– Está! – rastejei, contornando a pilha de pedras com Tjaden.

Vimos o reflexo brilhante da fivela de seu cinto. Himmelstoss parecia um pouco embriagado, pois cantarolava. Desavisado, passou por nós.

Pegamos o lençol, demos um salto silencioso, jogamos o lençol por sobre a cabeça dele e então o puxamos para que ele ficasse ali embaixo, como um saco branco, e não pudesse levantar os braços. A cantoria morreu.

No momento seguinte, Haie Westhus se aproximou. Para ser o primeiro, ele nos empurrou para trás com os braços abertos. Tomou posição alegremente, erguendo o braço como um poste de sinalização, a mão aberta como uma pá de carvão, e deu no saco branco uma pancada que poderia matar um boi.

Himmelstoss deu uma pirueta, aterrissou a cinco metros de distância e começou a berrar. Também nos preparamos para isso, tínhamos levado um travesseiro. Haie agachou-se, pôs o travesseiro sobre os joelhos, agarrou a cabeça de Himmelstoss e a pressionou contra o travesseiro. De pronto, a barulheira foi abafada. De vez em quando Haie o deixava tomar um ar, em seguida o gorgolejo soava como um magnífico grito agudo, que imediatamente voltava a ser abafado.

Nesse momento, segurando o chicote entre os dentes, Tjaden desabotoou os suspensórios de Himmelstoss e abaixou suas calças. Levantou-se e começou a andar em volta dele.

Era uma imagem maravilhosa: Himmelstoss no chão. Curvado sobre ele, com sua cabeça nos joelhos, Haie, com um sorriso diabólico no rosto e a boca aberta de prazer; em seguida, pernas flexionadas nas ceroulas listradas e trêmulas, fazendo a cada pancada os movimentos mais originais dentro das calças abaixadas e, acima de tudo isso, como um lenhador em ação, o infatigável Tjaden. Por fim, tivemos que afastá-lo para aproveitarmos a nossa vez.

Haie finalmente ergueu Himmelstoss e, para finalizar, apresentou um espetáculo especial. Como se quisesse colher estrelas, estendeu a mão direita para lhe desferir um tapa na cara. Himmelstoss tombou. Haie ergueu-o de novo, deixou-o na posição e deu-lhe um segundo e perfeito golpe com a mão esquerda. Himmelstoss uivou e fugiu, engatinhando. Seu traseiro listrado de carteiro brilhava ao luar.

Nós fugimos em disparada.

Haie olhou em volta mais uma vez e disse com ferocidade, saciado e um tanto enigmático:

– A vingança é um chouriço...

Na verdade, Himmelstoss poderia se alegrar, pois seu lema de que "sempre devemos educar o outro" tinha dado bons frutos. Tínhamos nos tornado pupilos aplicados de seus métodos.

Ele nunca descobriu a quem devia agradecer o acontecido. Ao menos ele ganhou um lençol na ocasião, pois, quando fomos procurá-lo, algumas horas depois, não foi mais encontrado.

A façanha desta noite foi a razão pela qual partimos razoavelmente tranquilos na manhã seguinte. Por isso, um velho com uma barba cheia e ondulante nos descreveu, muito tocado, como "juventude heroica".

4

Temos de avançar até as trincheiras. Ao escurecer, chegam os caminhões. Embarcamos. É uma tarde quente, e o crepúsculo parece um lençol sob o qual nos sentimos bem. Ele nos une, e até o avarento do Tjaden acende um cigarro para mim.

Ficamos um ao lado do outro, bem juntos, ninguém pode se sentar. Tampouco esperávamos sentar. Müller está de bom humor, finalmente; ele usa suas botas novas.

Os motores zumbem, os caminhões avançam ruidosamente. As estradas estão dilapidadas e cheias de buracos. Nenhuma luz pode ser acesa, então sacolejamos tanto que quase caímos do caminhão. Isso não nos preocupa. O que pode acontecer? Um braço quebrado é melhor que um buraco na barriga, e muitos quase desejam uma oportunidade dessas de voltar para casa.

Colunas de munição estendem-se em uma longa fila ao nosso lado. Estão com pressa, nos ultrapassam o tempo todo. Gritamos piadas para eles, e eles retrucam.

Então vemos um muro que pertence a uma casa um pouco afastada da estrada. De repente, aguço os ouvidos. Estou enganado? Mais uma vez, ouço claramente o grasnar de um ganso. Olho para Katczinsky, ele me olha de volta; nos entendemos.

– Kat, estou ouvindo um candidato à panela...
Ele concorda.
– Combinado, quando voltarmos. Conheço as coisas por aqui.

Claro que Kat conhece. Deve estar familiarizado com cada coxa de ganso em um raio de vinte quilômetros.

Os caminhões chegam à área de artilharia. As plataformas dos canhões estão cobertas por arbustos para protegê-los da visão aérea, como se fosse uma espécie de festa militar da colheita. Aqueles caramanchões seriam divertidos e pacíficos se seus ocupantes não fossem canhões.

O ar fica nebuloso com a fumaça dos canhões e com a neblina. A fumaça da pólvora deixa um gosto amargo na língua. Os disparos são tão altos que nosso caminhão treme, o eco reverbera lá atrás, tudo estremece. Quase não se percebe como nossos rostos mudam. Não precisamos adentrar as trincheiras, apenas chegar até a beirada delas, mas cada rosto agora estampa o seguinte: aqui é o front, estamos no domínio dele. Ainda não há medo. Qualquer um que tenha avançado até o front com tanta frequência quanto nós fica insensível. Somente os jovens recrutas estão agitados. Kat lhes dá um sermão:

– Isso foi um 30,5. Vocês diferenciam pelo tiro, logo vem o impacto.

Mas a reverberação abafada do impacto não chega até aqui. Afoga-se no burburinho do front. Kat escuta:

– Vai ter confusão à noite.

Todos nós tentamos ouvir. O front está inquieto. Kropp diz:

– Os ingleses já estão atirando.

Os tiros podem ser ouvidos com clareza. São as baterias inglesas, à direita do nosso setor. Começaram uma hora mais cedo. Na nossa posição, eles sempre começavam pontualmente às dez horas.

– O que passa na cabeça deles? – grita Müller. – O relógio deles está adiantado.

– Vai ter confusão, estou falando, sinto nos ossos – comenta Kat, dando de ombros.

Ao nosso lado, três estouros ribombam. O clarão de fogo risca a neblina na diagonal, as armas zumbem e roncam. Estremecemos e ficamos felizes, pois estaremos de volta ao quartel pela manhã.

Nossos rostos não estão mais pálidos nem mais vermelhos que o normal; nem estão mais tensos ou mais relaxados e, no entanto, estão diferentes. Sentimos como se um contato elétrico tivesse sido acionado em nosso sangue. Não é uma figura de linguagem; é um fato. É o front, a consciência do front, que desencadeia esse contato. No momento em que as primeiras granadas assobiam, quando o ar se rasga sob a saraivada de tiros, de repente surgem uma espera hesitante, uma espreita, um estado mais forte de alerta, uma maleabilidade dos sentidos em nossas veias, em nossas mãos, em nossos olhos. De um golpe, o corpo fica em plena prontidão.

Muitas vezes tenho a impressão de que o ar, agitado e vibrante, pula sobre nós num impulso silencioso; ou como se fosse o próprio front que irradiasse uma eletricidade que mobiliza terminações nervosas até então desconhecidas.

É sempre igual: partimos e somos soldados ranzinzas ou bem-humorados; então chegam as primeiras posições de artilharia, e cada palavra de nossa conversa assume um tom diferente.

Quando Kat está na frente das barracas e diz: "Vai ter confusão...", é apenas a opinião dele e pronto; mas quando ele diz isso aqui, a frase tem o fio de uma baioneta ao luar, corta os pensamentos à perfeição, fica mais próxima e fala com esse inconsciente despertado em nosso íntimo com um significado sombrio, "Vai ter confusão...". Talvez seja nossa vida mais íntima e secreta que estremece e se prepara para a defesa.

Para mim, o front é um redemoinho sinistro. Quando ainda estamos longe do seu centro, em águas tranquilas, já sentimos a força da sucção puxando em sua direção, de forma lenta, inescapável, quase sem resistência. As forças de defesa fluem em nossa direção da terra, do ar – principalmente da terra. Pois a terra é mais importante para o soldado do que para qualquer outra pessoa. Quando ele pressiona o corpo contra ela por tanto tempo, com força, quando ele enterra o rosto e os membros profundamente nela na agonia mortal do fogo, então ela é sua única amiga, seu irmão, sua mãe, ele geme seu pavor e seus gritos no silêncio e na segurança dela, ela os aceita e o libera de novo para mais dez segundos de corrida e de vida, volta a abraçá-lo, às vezes, para sempre.

Terra... terra... terra!

Terra, com teus sulcos, buracos e depressões onde se lançar, se agachar! Terra, no espasmo do horror, nos respingos do extermínio, no rugido mortal das explosões, tu nos deste uma enorme onda contrária da vida por nós recebida! A tempestade insana da existência quase destruída refluiu de ti por meio de nossas mãos, de modo que nós, que saímos ilesos, nos enterramos e cravamos nossos dentes em ti, na felicidade muda e ansiosa dos minutos vencidos!

Com um solavanco, com o primeiro estrondo das granadas, recuamos milhares de anos em uma parte do nosso ser. É o instinto animal que desperta em nós, que nos guia e nos protege. Não é consciente, é muito mais rápido, muito mais safo, muito mais infalível que a consciência. Impossível explicar. A gente anda e não pensa em nada – de repente, se está deitado em uma depressão no chão e lascas jorram sobre a pessoa; é impossível se lembrar de ter ouvido a granada chegando ou de ter pensado em se deitar. Se confiássemos nisso, já seríamos um punhado de carne espalhada. Foi outra coisa, esse olfato clarividente dentro de nós, que nos derrubou e nos salvou sem que ninguém soubesse como. Se não fosse por ele, há tempos já não haveria mais ninguém, de Flandres aos Vosges.

Partimos e somos soldados ranzinzas ou bem-humorados... chegamos à zona onde começa o front e nos tornamos animais-humanos.

Uma floresta miserável nos acolhe. Passamos pelas cozinhas de campanha. Atrás da floresta saltamos. Os caminhões retornam. Devem nos buscar de manhã, antes do alvorecer.

A neblina e a fumaça das armas pairam sobre os prados, na altura do peito. A lua brilha sobre elas. Tropas marcham na estrada. Os capacetes de aço reluzem com reflexos opacos ao luar. As cabeças e as armas projetam-se da névoa branca, cabeças balançam, canos de fuzis oscilam.

Mais à frente, o nevoeiro termina. Aqui as cabeças viram formas; casacões, calças e botas saem do nevoeiro como de um lago de leite. Formam uma coluna. A coluna segue sempre em frente, as figuras se fecham em um triângulo, não se reconhece mais o indivíduo, apenas uma cunha escura avança, estranhamente complementada pelas cabeças e fuzis singrando o lago enevoado. Uma coluna – nenhuma pessoa.

Canhões leves e caminhões de munição passam em uma rua lateral. Os lombos dos cavalos brilham ao luar, seus movimentos são belos, eles meneiam a cabeça, é possível ver o brilho daqueles olhos. Os canhões e os carros deslizam contra o fundo daquela paisagem lunar, os cavaleiros com capacetes de aço parecem de uma época passada, é de alguma forma bonito e pungente.

Estamos indo para o campo dos engenheiros. Uma parte de nós carrega barras de ferro curvas e pontiagudas nos ombros, a outra parte enfia vergalhões de ferro lisos por rolos de arame farpado e bate em retirada. As cargas são desajeitadas e pesadas.

O terreno fica mais esburacado. Relatórios vêm lá da frente: "Atenção, cratera funda de granada à esquerda", "Cuidado, fosso". Nossos olhos estão atentos, pés e bastões se antecipam ao peso de nossos corpos. De repente, o pelotão estaca; batemos o rosto contra o rolo de arame da pessoa à frente e praguejamos.

Há alguns caminhões destruídos no caminho. Um novo comando. "Apagar cigarros e cachimbos." Estamos ao lado das trincheiras.

Nesse meio-tempo, tudo ficou escuro. Contornamos um bosque e, em seguida, temos à nossa frente o primeiro setor do front.

Uma luminosidade incerta e avermelhada paira no horizonte de uma ponta à outra. Está em constante movimento, atravessada pelos clarões que saem dos canos dos fuzis em meio às baterias. Círculos de luzes se erguem lá em cima, bolas prateadas e vermelhas que explodem e se precipitam em estrelas brancas, verdes e vermelhas. Foguetes franceses disparam, estendem um paraquedas no ar e muito devagar pairam ao descer. Sua luz deixa tudo claro como o dia, seu brilho nos atinge, vemos nossas sombras com nitidez no chão. Flutuam por minutos antes de queimarem. De pronto, outros surgem, em todos os lugares, e, nesse meio-tempo, verde, vermelho e azul de novo.

– Que porcaria – diz Kat.

A tempestade de canhões se intensifica em um único rugido abafado e, em seguida, volta a se dividir, causando impactos sucessivos. Estalam salvas secas das metralhadoras. Acima de nós, o ar está cheio de disparos invisíveis, uivos, assobios e chiados. São projéteis menores; mas, entre eles, ressoam os grandes canos dos canhões, petardos muito pesados voam pela noite e aterrissam na nossa retaguarda. Seus chamados são roucos e distantes, como os roncos de cervos no cio, e passam muito acima dos uivos e assobios das granadas menores.

Os holofotes começam a esquadrinhar o céu preto. Deslizam sobre ele como réguas gigantes que às vezes se afinam. Um fica parado e treme só um pouco. Logo um segundo holofote se aproxima, eles se cruzam; um inseto escuro está entre eles e tenta escapar: um aviador. Ele fica inseguro, ofuscado, e tomba.

Batemos nas estacas de ferro a intervalos regulares. Dois homens seguram um rolo, os outros desenrolam o arame farpado. É o arame nojento, de farpas longas e muito próximas. Não estou mais acostumado a desenrolar o arame e machuco a mão.

Terminamos depois de algumas horas. Mas ainda temos tempo antes que cheguem os caminhões. A maioria de nós se deita e dorme. Também tento, mas está esfriando demais. Percebe-se que estamos perto do mar, acordamos várias vezes por conta do frio.

Até que enfim durmo profundamente. Quando acordo de súbito com um solavanco, não sei onde estou.

Olho para as estrelas, olho para os foguetes e, por um momento, tenho a impressão de que adormeci em uma comemoração no jardim. Não sei se é de manhã ou de noite, me deito no pálido berço da aurora à espera de palavras suaves que precisam chegar, suaves e seguras – estou chorando? Toco meus olhos, é tão estranho. Sou uma criança? Pele macia... Leva apenas um segundo para eu reconhecer a silhueta de Katczinsky. Ele está sentado em silêncio, o velho soldado, e fuma um cachimbo, um cachimbo com tampa, claro. Quando percebe que estou acordado, tudo o que diz é:

– Você deu um pulo. Foi só um foguete que voou nos arbustos.

Eu me sento, sentindo-me estranhamente solitário. É bom que Kat esteja aqui. Ele olha pensativo para o front e diz:

– Foguetório bonito. Se ao menos não fosse tão perigoso.

Vem um estouro atrás de nós. Alguns recrutas têm um sobressalto de medo. Depois de alguns minutos, mais um foguete, mais perto que antes. Kat apaga o cachimbo:

– Vai virar um inferno.

Logo começa. Rastejamos o mais rápido que podemos. O próximo disparo já está entre nós. Algumas pessoas gritam. Foguetes verdes surgem no horizonte. A terra voa para o alto, estilhaços zumbem. Ainda é possível ouvir os estalos das armas muito tempo depois do estrondo das explosões.

Ao nosso lado está um recruta loiro, assustado. Ele cobre o rosto com as mãos, seu capacete caiu longe. Pego-o e quero devolver para a sua cabeça. Ele olha para cima, afasta o capacete, e como uma criança engatinha e enfia a cabeça embaixo do meu braço, perto do meu peito. Os ombros estreitos encolhem-se. Ombros como os de Kemmerich.

Deixo que fique ali, mas, para que o capacete seja útil para alguma coisa, encaixo-o no traseiro dele, não por gozação, mas por consideração, porque é o ponto mais elevado do corpo do rapaz. Mesmo havendo ali bastante carne, os tiros são muito dolorosos, e é preciso ficar de bruços no hospital por meses, e em geral o alvejado fica manco.

Uma explosão poderosa perto daqui. Gritos são ouvidos entre os estampidos.

Por fim, tudo fica em silêncio. O bombardeio passou sobre nós e agora está nas últimas trincheiras de reserva. Arriscamos um olhar. Foguetes vermelhos rasgam o céu. É provável que venha um ataque.

Entre nós, há tranquilidade. Sento-me e sacudo o ombro do recruta.

– Acabou, rapazinho! Deu tudo certo.

Ele olha em volta, confuso. Eu o animo:

– Você se acostuma.

Ele percebe onde está o capacete e o veste. Devagar, volta a si. De repente, fica vermelho como brasa e parece envergonhado. Com cuidado, estende a mão às costas e me olha atormentado. Logo entendo: dor de barriga causada pelos bombardeios. Na verdade, não foi para isso que coloquei o capacete ali, mas para confortá-lo:

– Não é vergonha nenhuma, muita gente já borrou as calças após o batismo de fogo. Vá para trás daquele arbusto e jogue fora a ceroula. Combinado?

Ele sai, apressado. Tudo fica ainda mais silencioso, mas os gritos não param.

– O que aconteceu, Albert? – pergunto.

– Algumas colunas ali foram atingidas em cheio.

A gritaria continua. Não são gritos de pessoas, ninguém conseguiria dar gritos tão terríveis.

Kat diz:

– Cavalos feridos.

Nunca tinha ouvido cavalos gritarem e não consigo acreditar. É a desgraça do mundo, a criatura torturada, uma dor selvagem e horrível que geme ali. Ficamos pálidos. Detering endireita o corpo.

– Sacrifique, sacrifique! Atire neles!

Ele é fazendeiro e está acostumado com cavalos. Toca fundo nele. E, como se fosse de propósito, o fogo agora esmorece. Os gritos dos animais ficam ainda mais nítidos. Já não se sabe de onde vêm, naquela paisagem agora tão silenciosa e prateada, são invisíveis, fantasmagóricos, estão em todos os lugares, entre o céu e a terra, crescem imensamente. Detering fica furioso e ruge:

– Atirem, atirem neles, maldição!

– É preciso buscar os homens primeiro – diz Kat.

Nós nos levantamos e fazemos uma busca pelo local. Quando enxergarmos os animais, será mais suportável. Meyer carrega um binóculo consigo. Vemos um grupo de médicos na escuridão com padiolas e protuberâncias pretas maiores se movendo. São os cavalos feridos. Mas nem todos. Alguns galopam mais adiante, cambaleiam e continuam a correr. Um tem a barriga rasgada, os intestinos pendurados. Ele se enrola nas tripas e cai, mas volta a se levantar.

Detering levanta o rifle e mira. Kat empurra-o para cima:

– Você ficou louco...?

Detering treme e joga o rifle no chão.

Nós nos sentamos e tapamos os ouvidos. Mas os terríveis lamentos e gemidos irrompem, irrompem por toda parte.

Todos podemos suportar bem essas coisas. Mas é aqui que começamos a suar. Há o desejo de se levantar e fugir, não importa para onde, apenas para não ouvir mais os gritos. Não são pessoas, são apenas cavalos.

As padiolas desprendem-se do emaranhado escuro. Em seguida, alguns tiros ressoam. Os montes se contorcem e diminuem. Finalmente. Mas ainda não acabou. As pessoas não conseguem chegar aos animais feridos, que fogem com medo, toda a dor naquelas bocarras escancaradas. Uma das formas fica de joelhos, um tiro – um cavalo cai –, mais outro. O último se apoia sobre as patas dianteiras e gira em círculos como um carrossel, gira sentado em círculos sobre as patas dianteiras erguidas, a coluna provavelmente estraçalhada. O soldado avança e atira nele. Devagar, vencido, o animal desliza para o chão.

Tiramos as mãos dos ouvidos. A gritaria emudece. Apenas um suspiro longo e moribundo paira no ar. Então, de novo, vêm apenas os foguetes, as granadas cantando e as estrelas – e isso é quase estranho.

Detering caminha e xinga:

– Queria saber do que eles têm culpa. – Ele volta ao assunto a seguir. Sua voz parece entusiasmada, quase solene, quando diz: – Eu digo para vocês: é a maior maldade os animais estarem em guerra.

Recuamos. É hora de chegar aos caminhões. O céu ficou um pouco mais claro. Três horas da manhã. O vento é fresco, frio, a hora pálida deixa nosso rosto cinza.

Tateamos nosso caminho em fila indiana pelas valas e buracos e voltamos para a zona de neblina. Katczinsky está inquieto, o que é um mau sinal.

– Qual é o problema, Kat? – pergunta Kropp.

– Gostaria que estivéssemos em casa. – Por "em casa" ele se refere às barracas do acampamento.

– Não falta muito agora, Kat.

Ele está nervoso.

– Sei lá, sei lá...

Chegamos às trincheiras e depois às pradarias. O bosque aparece, conhecemos cada passo do terreno aqui. Lá, o cemitério dos caçadores com os montinhos e as cruzes pretas.

Neste momento, algo assobia atrás de nós, explode, estala, troveja. Nós nos abaixamos – cem metros à nossa frente, uma nuvem de fogo se levanta.

No minuto seguinte, uma parte da floresta sobe devagar sobre as copas depois de um segundo impacto, três ou quatro árvores pairam no ar e se estilhaçam em pedaços. As granadas seguintes já estão sibilando como válvulas de caldeira – um ataque pesado...

– Protejam-se! – alguém grita – Protejam-se!

As pradarias são planas, a floresta é vasta e perigosa; não há outra proteção além do cemitério e dos montículos dos túmulos. Tropeçamos no escuro e, como se cuspidos, todo mundo se agarra a um túmulo.

Foi por muito pouco. A escuridão está ficando louca. Surge e se enfurece. Trevas mais pretas que a noite correm em nossa direção com corcovas gigantes. O fogo das explosões cintila sobre o cemitério. Não há saída para lugar nenhum. No clarão das granadas, arrisco um olhar para as pradarias. São um mar turbulento, as chamas dos projéteis saltam como chafarizes. Impossível qualquer pessoa superar isso.

A floresta desaparece, é destruída, arrasada, despedaçada. Precisamos ficar ali, no cemitério.

A terra explode à nossa frente. Chovem torrões. Sinto um solavanco. Minha manga foi rasgada por um estilhaço. Cerro o punho. Sem dor. Mas isso não me tranquiliza, as lesões sempre doem depois. Corro a mão sobre o braço. Foi de raspão, está inteiro. Então algo estala contra minha cabeça, deixando minha consciência turva. Tenho um lampejo de pensamento: Não desmaie! Afunde nesse mingau preto e em seguida volte à tona. Um estilhaço atingiu meu capacete, mas não chegou a penetrá-lo. Limpo a sujeira dos olhos. Vejo vagamente que um buraco se abriu na minha frente. Granadas não costumam atingir o mesmo buraco, então quero entrar lá. Com um salto me lanço lá dentro, achatado contra o chão como uma sardinha, em seguida ouço mais um assobio, rapidamente rastejo, procuro cobertura, sinto alguma coisa à esquerda, empurro, ela cede, eu gemo, a terra se rasga, a pressão do ar troveja em meus ouvidos, eu rastejo sob aquilo que está cedendo, jogo-o sobre mim, é madeira, pano, cobertura, cobertura, cobertura miserável contra estilhaços caindo.

Abro os olhos, meus dedos agarram uma manga, um braço. Um ferido? Grito para ele, sem resposta – um homem morto. Minha mão se estende entre lascas de madeira, então sei que ainda estamos no cemitério.

Mas o fogo é mais forte que qualquer outra coisa. Destrói meus sentidos; rastejo, afundando-me mais sob o caixão, ele deve me proteger, mesmo quando a própria morte está dentro dele.

A cratera abre-se na minha frente. Eu a abraço com os olhos como punhos, preciso entrar nela com um salto. Então sinto um golpe no rosto, a mão que agarra meu ombro – o morto ressuscitou? A mão me sacode, viro a cabeça, por um segundo encaro o rosto de Katczinsky, ele está de boca aberta, gritando, não ouço nada, ele me chacoalha, se aproxima; em um momento que o ruído cede, sua voz chega até mim:

– Gás... Gáás... Gáááás! Passe adiante!

Puxo o estojo da máscara de gás. Alguém está deitado um pouco afastado de mim. Não penso em nada além disso: aquele ali precisa ficar sabendo.

– Gáááás... Gááás!

Eu o chamo, rastejo, bato nele com o estojo, ele não percebe – várias vezes –, ele apenas se curva, é um recruta, procuro desesperadamente por Kat, ele está com a máscara, arranco a minha, meu capacete voa para o lado, roça meu rosto, chego ao homem, seu estojo está mais próximo de mim, agarro a máscara, encaixo no rosto dele, ele a agarra – eu solto – e, de repente, me deito na cratera com um solavanco.

O estrondo abafado das granadas de gás se mistura com o estampido dos projéteis. Um sino repica em meio às explosões, gongos, estalidos metálicos anunciam por toda parte:

– Gás, gás, gáás...

Atrás de mim, um baque surdo... de novo... Limpo o visor da minha máscara, embaçado pelo vapor da respiração. Lá estão Kat, Kropp e mais alguém. Nós quatro nos deitamos em uma tensão pesada, à espreita, respirando o mais levemente possível.

Os primeiros minutos com a máscara fazem a diferença entre a vida e a morte: está bem vedada? Conheço as terríveis imagens do hospital: soldados que aspiraram gás e vomitaram por dias até expelirem pouco a pouco os pulmões queimados.

Respiro com cuidado, a boca pressionada contra a válvula. Agora o gás rasteja pelo chão e mergulha em todas as depressões. Como uma água-viva suave e ampla, ele se deita na cratera e se espalha. Eu cutuco Kat: é melhor rastejar e deitar-se lá em cima do que ali, onde o gás se acumula. Mas não chegamos a isso, uma segunda saraivada começa. Parece que as balas não estão mais rugindo, mas que a própria terra está em fúria.

Com um estrondo, algo preto cai em nossa direção. Bate forte ao nosso lado, um caixão arremessado.

Vejo Kat se aproximar rastejando. O caixão atingiu o braço estendido do quarto soldado que está conosco. O homem tenta arrancar a máscara de gás com a outra mão. Kropp agarra-o a tempo, dobra o braço dele atrás das costas e o segura com força.

Kat e eu começamos a liberar o braço ferido. A tampa do caixão está solta e rachada, conseguimos arrancá-la com facilidade, puxamos o morto para fora, ele cai no buraco, depois tentamos soltar o fundo do caixão.

Por sorte, o homem cai inconsciente, e Albert consegue nos ajudar. Não precisamos mais ser tão cuidadosos e podemos trabalhar até que o caixão ceda ruidosamente embaixo de nossas pás.

A luminosidade aumenta. Kat pega um pedaço da tampa e a posiciona sob o braço quebrado, e nós amarramos nossas bandagens em volta dele. Não podemos fazer mais no momento.

Minha cabeça está zumbindo e latejando dentro da máscara de gás, está prestes a estourar. Os pulmões estão no limite do esforço, respiram apenas o mesmo ar quente e viciado, as veias nas têmporas incham, tenho uma sensação de sufocamento.

A luz cinzenta derrama-se sobre nós. O vento varre o cemitério. Eu me arrasto até a borda da cratera. No crepúsculo sujo há uma perna arrancada à minha frente, a bota está completamente intacta, consigo ver tudo de um jeito muito claro. Mas agora alguém se levanta a alguns metros de distância, eu limpo o visor, que imediatamente embaça de novo com a minha agitação, olho para o outro lado – o homem ali não está mais usando a máscara.

Espero mais alguns segundos – ele não desmaia, olha em volta e dá alguns passos –, o vento dispersou o gás, o ar está limpo. Então, tiro a máscara e caio, arfando, o ar flui como água fria para dentro de mim, meus olhos parecem estourar, a onda de ar me inunda e me arrasta para a escuridão.

As explosões pararam. Viro-me para a cratera e aceno aos outros. Eles saem de lá e arrancam as máscaras. Levantamos o ferido, um segura seu braço imobilizado. Cambaleamos às pressas para sair dali.

O cemitério é um campo de escombros. Caixões e cadáveres estão espalhados. Foram mortos mais uma vez, mas cada um deles que foi destroçado salvou um de nós.

A cerca está arrasada, os trilhos da ferrovia foram arrancados dali, projetam-se retorcidos para cima. Há alguém à nossa frente. Paramos, e apenas Kropp continua a caminhada com o ferido.

O que está no chão é um recruta. Seu quadril está manchado de sangue; está tão exausto que pego meu cantil com rum e chá. Kat detém minha mão e se inclina sobre ele:

– Onde acertaram você, camarada?

Ele movimenta os olhos; está fraco demais para responder.

Cuidadosamente cortamos suas calças. Ele geme.

– Calma, calma, logo vai melhorar...

Se tiver levado um tiro na barriga, não pode beber nada. Não vomitou, o que é bom. Descobrimos o quadril, uma porção de carne com lascas de osso. A articulação foi atingida. Este rapaz nunca mais poderá andar.

Limpo as têmporas dele com meu dedo umedecido e lhe dou um gole do cantil. Seus olhos se agitam. Só agora vemos que o braço direito também está sangrando.

Kat abre duas bandagens em toda sua largura para cobrir o ferimento. Procuro um pano para cobri-lo um pouco. Não temos mais nada, então corto ainda mais a calça do ferido para usar um pedaço de sua ceroula como curativo, mas ele está sem. Observo-o mais de perto: é o recruta loiro de antes.

Enquanto isso, Kat tirou alguns pacotes de ataduras dos bolsos de um cadáver, que colocamos com cuidado sobre o ferimento. Digo ao rapaz, que está nos encarando:

– Vamos pegar uma padiola.

Então, ele abre a boca e sussurra:

– Não vão embora…

Kat diz:

– Já voltamos. Vamos buscar uma padiola para você.

Não dá para dizer se ele entendeu; o rapaz choraminga atrás de nós como uma criança:

– Não vão embora…

Kat olha ao redor e sussurra:

– Não dá para simplesmente usar uma arma para terminar com isso?

Dificilmente o rapaz sobreviverá ao transporte e, no máximo, durará mais alguns dias. No entanto, tudo o que sofreu até agora não será nada comparado ao que sofrerá até a morte. Agora ele ainda está entorpecido e não sente nada. Em uma hora, ele vai virar um saco de dores excruciantes. Os dias que ainda poderá viver serão para ele uma tortura única e furiosa. E a quem isso beneficiará?

Eu concordo com a cabeça:

– Sim, Kat, dá para usar o revólver.

– Passa para cá – ele diz e estaca.

Kat está determinado, consigo perceber. Olhamos ao redor, mas não estamos mais sozinhos. Um pequeno grupo se reúne à nossa frente, cabeças surgem de crateras e sepulturas. Saímos para buscar a padiola.

Kat balança a cabeça:

– Rapazes tão jovens – ele repete –, rapazes tão jovens e inocentes...

Nossas baixas são menores que o esperado: cinco mortos e oito feridos. Foi apenas um breve ataque de artilharia. Dois de nossos mortos jazem em uma das sepulturas abertas, e apenas temos que cobri-las novamente.

Retornamos. Avançamos silenciosamente em fila indiana. Os feridos são levados ao hospital de campanha. A manhã está nublada, os enfermeiros correm com números e prontuários, os feridos gemem. Começa a chover.

Depois de uma hora, chegamos aos nossos caminhões e embarcamos. Há mais espaço agora do que antes.

A chuva fica mais forte. Abrimos as lonas das barracas e as estendemos sobre a cabeça. A água bate nelas e regatos de chuva escorrem pelas laterais. Os caminhões passam sobre buracos, e nós balançamos para frente e para trás, meio adormecidos.

Dois homens à frente do caminhão carregam longos bastões bifurcados. Tomam cuidado com os fios telefônicos que pendem tão baixo que podem arrancar nossas cabeças. Duas pessoas encaixam seus bastões nos fios e os levantam sobre nós. Ouvimos seus avisos:

– Atenção. Fio.

E, meio adormecidos, dobramo-nos sobre os joelhos e voltamos a nos erguer.

Os caminhões seguem em um balanço monótono, os avisos são monótonos, a chuva cai monótona. Ela cai sobre nossas cabeças e sobre as cabeças dos mortos lá adiante, sobre o corpo do jovem recruta com o ferimento grande demais no quadril, cai sobre o túmulo de Kemmerich, cai em nossos corações.

Uma explosão ecoa em algum lugar. Estremecemos, com os olhos tensos, mãos já prontas para saltarmos pelas laterais do caminhão e para dentro das valas da estrada.

E mais nada. Apenas os avisos monótonos:

– Atenção. Fio.

Curvamos o corpo sobre os joelhos, voltamos a dormitar.

5

É difícil matar um único piolho quando temos centenas deles. Os bichinhos são um tanto cascudos, e estourá-los o tempo todo com as unhas é tedioso. Então Tjaden resolveu prender a tampa da lata de graxa de sapatos com auxílio de um arame sobre um toco de vela acesa. Simplesmente jogamos os piolhos nessa panelinha – um estalo, e estão acabados.

Ficamos sentados em círculo, as camisas sobre os joelhos, peitos nus no ar quente, as mãos trabalhando. Haie tem um tipo de piolho especialmente bom: eles têm uma cruz vermelha na cabeça. Por isso ele afirma tê-los trazido do hospital de Thourhout, que eram de um oficial médico. Ele também quer usar a gordura que se acumula lentamente na tampa da lata para engraxar suas botas e por meia hora dá gargalhadas de sua própria piada.

Mas hoje ele tem pouco sucesso; outra coisa está ocupando as nossas mentes.

O boato se tornou realidade. Himmelstoss está aqui. Apareceu ontem, já ouvimos sua voz, tão familiar. Dizem que ele maltratou alguns jovens recrutas nos campos recém-arados de sua cidade. Sem que ele soubesse, o filho do prefeito estava entre os jovens, o que o fez cair em desgraça.

Aqui ele vai se surpreender. Faz horas que Tjaden discute todas as possibilidades de como responder a ele. Haie olha pensativo para as próprias manzorras e me lança uma piscadela. Aquela surra foi o ponto alto de sua existência; ele me disse que às vezes ainda sonha com ela.

Kropp e Müller conversam. Kropp sozinho sequestrou uma panela cheia de lentilhas, provavelmente da cozinha de campanha. Müller espia com avidez, mas se controla e pergunta:

– Albert, o que você faria se, de repente, houvesse paz?

– A paz não existe! – retruca Albert, sem rodeios.

– Bem, mas se houvesse – insiste Müller –, o que você faria?

– Daria no pé! – rosna Kropp.

– Claro. E depois?

– Encheria a cara – responde Albert.

– Não fale bobagem, estou falando sério...

– Eu também – diz Albert –, o que mais há para fazer?

Kat está interessado na pergunta. Exige sua parte das lentilhas de Kropp, recebe-a, em seguida reflete por um longo tempo e diz:

– É possível encher a cara, mas depois pegaria o próximo trem... e correria para o colo da mamãe. Gente, é a paz, Albert...

Ele remexe em sua carteira de oleado em busca de uma fotografia e a exibe com orgulho:

– Minha velhota! – então ele a guarda e solta um impropério: – Maldita guerra piolhenta...

– Você que o diga – comento. – Tem filho e esposa.

– É mesmo. – Ele concorda, acenando a cabeça. – Preciso me certificar de que eles tenham o que comer.

Nós rimos.

– Isso não vai faltar, Kat, senão você daria um jeito.

Müller está faminto e ainda não se dá por satisfeito. Ele assusta Haie Westhus, que estava sonhando acordado com o espancamento.

– Haie, o que você faria se houvesse paz agora?

– Ele tinha era que chutar a sua bunda por ter começado a falar essas coisas – eu digo. – Como isso vai acontecer?

– Como a bosta da vaca chega ao telhado? – responde Müller de um jeito lacônico e se volta para Haie Westhus.

De repente, fica difícil demais para Haie. Ele balança a cabeça sardenta:

– Você quer dizer, quando não houver mais guerra?

– Exatamente. Você é bem esperto.

– Então haveria mulheres de novo, certo? – Haie lambe os lábios.

– Isso também.

– Ai, caceta – diz Haie, e seu rosto se ilumina. – Então eu pegaria uma cozinheira bem robusta, dessas de mão cheia, sabe, que tivesse onde me agarrar, e a levaria para a cama imediatamente! Imagine, garotada: em um colchão de mola, eu não vestiria calças por uns oito dias.

Tudo fica em silêncio. A imagem é maravilhosa demais. Arrepios percorrem nossa pele. Finalmente, Müller se recompõe e pergunta:

– E depois?

Uma pausa. Então Haie explica, um tanto atormentado:

– Se eu fosse cabo, primeiro ficaria do lado dos prussianos e capitularia.

– Haie, você está ficando doido – comento.

Ele me responde tranquilamente com uma pergunta:

– Você já cortou turfa? Experimente.

Com isso, ele tira a colher do cano da bota e a enfia na tigela de Albert.

– Não pode ser pior do que cavar trincheiras em Champagne – retruquei.

Haie sorri, mastigando:

– Demora mais. Também não pode amarelar.

– Mas, velho, em casa é melhor, Haie.

– Em parte – diz ele, refletindo boquiaberto. Em suas feições é possível enxergar o que ele está pensando. Uma cabana pobre à beira do pântano, o trabalho duro no calor da charneca de manhãzinha até a noite, salários escassos, a roupa suja de lavrador...

– Em tempos de paz, não é preciso se preocupar com o serviço militar – diz ele –; tem comida todos os dias, senão você arma confusão, tem sua cama, roupa limpa a cada oito dias, como um cavalheiro. Você faz seu serviço de cabo, tem suas coisas bacanas e, à noite, é um homem livre para ir ao bar.

Haie está extremamente orgulhoso de sua ideia. Está apaixonado por ela:

– E quando terminar seus doze anos, você recebe sua pensão e vira um guarda em uma aldeia qualquer. Vai poder passear o dia todo.

Nesse momento, ele chega a suar pensando no futuro:

– Imagine como você vai ser tratado. Um conhaque aqui, uma aguardente acolá. Todo mundo quer estar numa boa com o guarda da aldeia.

– Você nunca vai ser cabo, Haie – interrompe Kat.

Haie olha para ele consternado e se cala. Em seus pensamentos estão agora as noites claras de outono, os domingos na charneca, os sinos da aldeia, as tardes e noites com as empregadas, as panquecas de trigo sarraceno com nacos grandes de toucinho, as horas despreocupadas tagarelando com um caneco na mão...

Em meio a tanta fantasia, ele não consegue se acalmar tão rápido; então, apenas resmunga, raivoso:

– Vocês sempre ficam perguntando essas bobagens.

Ele puxa a camisa sobre a cabeça e abotoa o casacão.

– O que você faria, Tjaden? – pergunta Kropp.

Tjaden só sabe falar de uma coisa:

– Eu me certificaria de não deixar Himmelstoss fugir.

Provavelmente, ele gostaria de prendê-lo em uma gaiola e espancá-lo com um porrete todas as manhãs. Ele elogia Kropp:

– Se eu fosse você, eu daria um jeito de me tornar tenente. Aí você pode bater nele até deixá-lo com o rabo ardendo.

– E você, Detering? – continua perguntando Müller. – Seria um excelente professor, com tantas perguntas que faz.

Detering é taciturno, mas ele dá uma resposta a este tópico. Olha para o nada e diz apenas uma frase:

– Eu chegaria a tempo de cuidar da colheita.

Com isso, ele se levanta e se afasta.

Está preocupado. Sua esposa precisa administrar a fazenda. Levaram mais dois cavalos dele. Todos os dias ele lê os jornais que chegam, mesmo que não esteja chovendo lá no seu canto, em Oldenburg. Quando chove, não dá para recolher feno.

Nesse momento, Himmelstoss aparece. Vem direto para o nosso grupo. O rosto de Tjaden fica vermelho. Ele se deita na grama e fecha os olhos, agitado.

Himmelstoss fica um tanto indeciso, o ritmo do seu caminhar diminui. Então retoma a marcha em nossa direção. Ninguém mostra qualquer sinal de que vai se levantar. Kropp olha para ele com interesse.

Agora está na nossa frente e aguarda. Como ninguém diz nada, ele solta:

– E então?

Alguns segundos se passam; claro que Himmelstoss não sabe como se comportar. Gostaria de acabar conosco. Afinal, parece ter aprendido que o front não é um pátio de quartel. Tenta de novo e não se dirige mais a todos, só a um, esperando obter uma resposta mais facilmente dessa maneira. Kropp é o mais próximo dele, de forma que é honrado com a pergunta:

– Ora, você por aqui também?

Mas Albert não é amigo dele. Responde de um jeito seco:

– Há um pouco mais de tempo que o senhor, acho.

O bigode ruivo estremece:

– Acho que o senhor não me reconhece mais, certo?

Tjaden abre os olhos:

– Reconheço.

Himmelstoss vira-se para ele:

– Tjaden, certo?

Tjaden levanta a cabeça:

– E você sabe quem você é?

Himmelstoss fica perplexo:

– Desde quando nos tratamos informalmente? Não nos deitamos juntos nas trincheiras.

Ele não sabe o que fazer com aquela situação. Não esperava essa hostilidade flagrante. Mas, por enquanto, é cuidadoso; alguém deve ter espalhado o boato sobre o absurdo dos tiros pelas costas.

É até engraçado quando Tjaden fica cheio de raiva com a pergunta sobre deitarem juntos nas trincheiras.

– Não, você estava lá sozinho.

Agora, Himmelstoss também fica furioso. No entanto, Tjaden já prevê o ataque e se apressa. Precisa botar as cartas na mesa.

– Quer saber o que você é? Um filho de uma égua, isso que você é! Faz muito tempo que quero te falar isso.

A satisfação de muitos meses cintila em seus olhos suínos brilhantes enquanto as palavras "filho de uma égua" ecoam.

Himmelstoss também se descontrola:

– O que você quer, seu bosta? Seu demônio imundo de turfa? Levante-se, recomponha-se quando um superior falar com o senhor!

Tjaden faz um aceno grandioso:

– Descansar, Himmelstoss. Pode sair.

Himmelstoss incorpora um regulamento militar furibundo. Nem o imperador poderia ficar mais ofendido. Ele berra:

– Tjaden, como seu superior, ordeno que se levante!

– Mais alguma coisa? – pergunta Tjaden.

– Vai obedecer à minha ordem ou não?

Tjaden responde de forma calma e definitiva, com uma citação clássica das mais conhecidas, ainda que não o saiba. Ao mesmo tempo, vira as costas e mostra o traseiro.

Himmelstoss sai furioso:

– O senhor vai ser levado à corte marcial!

Nós o vemos desaparecer na direção da secretaria.

Haie e Tjaden soltam uma gargalhada estrepitosa digna de cortadores de turfa. Haie ri tanto que desloca o maxilar e, de repente, fica ali, indefeso, de boca aberta.

Albert tem que recolocar o maxilar no lugar com um soco.

Kat fica preocupado:

– Se ele denunciar você, vai ser ruim.

– Acha que ele vai denunciar? – pergunta Tjaden.

– Com certeza – respondo.

– O mínimo que você vai receber são cinco dias – explica Kat.

Aquilo não abala Tjaden.

– Cinco dias de xilindró são cinco dias de descanso.

– E se levarem você para o forte? – questiona o meticuloso Müller.

– Então, enquanto eu estiver lá, a guerra vai ter acabado para mim.

Tjaden nasceu com a bunda virada para a lua. Nada o preocupa. Ele se afasta com Haie e Leer, para que ninguém o encontre na primeira confusão.

Müller ainda não se deu por satisfeito. Ele interpela Kropp novamente.

– Albert, se você realmente voltasse para casa, o que faria?

Kropp está de pança cheia agora e, portanto, mais gentil:

– Rapaz, quantos homens ainda somos da nossa turma de escola?

Nós contamos: de vinte, sete estão mortos, quatro feridos, um no hospício. Portanto, seriam no máximo doze homens.

– Três são tenentes – comenta Müller. – Acha que eles deixariam Kantorek gritar com eles?

– Achamos que não, pois nós também não deixaríamos que gritasse conosco.

– "O que você realmente acha da trama tripla em *Guilherme Tell*?"* – de repente, Kropp se lembra e cai na gargalhada.

– "Quais eram os objetivos da Liga dos Bosques de Göttingen?"** – pergunta Müller de súbito, muito sério.

– "Quantos filhos teve Carlos, o Temerário?"*** – retruco com tranquilidade.

– "O senhor nunca vai ser nada na vida, Bäumer" – guincha Müller.

– "Quando foi a batalha em Zama?"**** – Kropp quer saber.

– "O senhor não tem seriedade intelectual, Kropp, sente-se, menos três para você..." – digo, acenando com a mão.

---

* *Guilherme Tell* (1804) é uma peça escrita por Friedrich von Schiller, contendo três eixos dramáticos: no centro da obra está a famosa lenda de Guilherme Tell, que, como castigo por não saudar o chapéu austríaco pendurado em uma praça para mostrar lealdade aos imperadores Habsburgos, foi obrigado a acertar uma flecha em uma maçã posta na cabeça de seu filho. O segundo eixo é o pano de fundo histórico sobre a independência da Suíça. O terceiro concentra-se na história de amor de Berta von Bruneck com Ulrich von Rudenz, sobrinho de Hermann Gessler, que se reconcilia com o povo de Schwyz (atual Suíça) e lhe concede a independência. (N.T.)

** Grupo literário do século XVIII ligado ao romantismo alemão que tinha por característica a adoração à natureza. (N.T.)

*** Carlos I da Borgonha (1433-1477), conhecido como Carlos, o Temerário, foi duque da Borgonha e teve uma filha, Maria, a Rica, duquesa de Borgonha, que se casou com Maximiliano I, imperador do Sacro Império Romano-Germânico. (N.T.)

**** Travada em 19 de outubro de 202 a.C., foi uma das principais batalhas da segunda das três Guerras Púnicas entre Roma e Cartago. (N.T.)

– "Que tarefas Licurgo* considerava as mais importantes do Estado?" – sussurra Müller, fingindo encaixar um pincenê no nariz.

– "Como se diz: nós, alemães, tememos a Deus, a ninguém mais no mundo, ou nós, alemães...?" – pergunto, fazendo-os pensar.

– "Quantos habitantes tem Melbourne?" – sibila Müller em resposta.

– "Como vai ser alguém na vida se não sabe disso?" – pergunto a Albert, indignado.

– "O que se entende por *coesão*?" – diz ele, triunfante.

Já não sabemos muito sobre todos esses negócios. Também não tinham muita utilidade para nós. No entanto, na escola ninguém nos ensinou como acender um cigarro na chuva ou na tempestade, como fazer fogo com lenha molhada – ou que o melhor a fazer é enfiar uma baioneta na barriga do inimigo, porque ela não fica presa ali como fica nas costelas.

Müller diz, pensativo:

– De que adianta? Vamos ter que voltar aos bancos escolares.

Considero que isso está fora de questão:

– Talvez façamos um exame especial.

– Para isso, é preciso se preparar. E, caso seja aprovado, e depois? Ser estudante não é muito melhor. Se não tiver dinheiro, vai ter que queimar as pestanas.

– Um pouco melhor é. Mas o que eles enfiam nas nossas cabeças ainda é um monte de bobagem.

Kropp entende nosso ânimo:

---

* Personagem lendário, suposto legislador de Esparta. (N.T.)

– Como alguém pode levar isso a sério quando a pessoa esteve aqui fora?

– Mas você precisa ter um emprego – contesta Müller, como se fosse Kantorek em pessoa.

Albert limpa as unhas com uma faca. Ficamos maravilhados com aquela janotice. Mas ele estava apenas reflexivo. Ele afasta a faca e explica:

– É isso. Kat, Detering e Haie vão voltar aos seus empregos pois já tinham um. Himmelstoss também. Nós não tivemos um emprego. Como vamos nos acostumar com um – ele faz um movimento para o front – depois disso aqui?

– Vamos virar aposentados e morar sozinhos em uma floresta – comento, mas logo me envergonho dessa ideia maluca.

– Como vai ser quando voltarmos? – questiona Müller, e até ele fica perturbado.

Kropp dá de ombros:

– Sei lá. Primeiro vamos voltar, depois veremos.

Na verdade, estamos todos perdidos.

– O que poderíamos fazer? – pergunto.

– Não tenho vontade de fazer nada – responde Kropp, exausto. – Um dia você vai estar morto, e daí? Acho que não vamos voltar de qualquer modo.

– Quando penso nisso, Albert – digo depois de um tempo, rolando até ficar de barriga para cima –, quando ouço a palavra *paz*, quero fazer alguma coisa inimaginável, e seria inimaginável mesmo. Isso me sobe à cabeça. Sabe, algo que faça valer a pena ter estado no meio dessa confusão aqui. Simplesmente não consigo pensar em nada. O que vejo como possível, todo esse esforço de emprego e estudos e salário e por aí vai... isso me adoece, porque sempre foi assim e é nojento. Não encontro nada… não encontro nada, Albert.

De repente, tudo parece fútil e desesperador. Kropp também está refletindo. Vai ser difícil para todos nós. Será que eles não se preocupam nem um pouco com isso, lá em casa? Dois anos de tiros e granadas de mão – não dá para se livrar disso como quem tira uma meia…

Concordamos que vale para todo mundo; não apenas para nós aqui, mas em todos os lugares, para todos que estão na mesma situação, uns mais, outros menos. É o destino comum da nossa geração.

Albert expressa exatamente isso:

– A guerra estragou tudo para nós.

Ele tem razão. Não somos mais a juventude. Não queremos mais tomar o mundo de assalto. Somos fugitivos. Fugimos de nós mesmos. Das nossas vidas. Tínhamos dezoito anos e começamos a amar o mundo e a existência e precisamos atirar neles. A primeira granada a cair atingiu nosso coração. Estamos isolados da ação, do esforço, do progresso. Não acreditamos mais nisso, só acreditamos na guerra.

A secretaria está movimentada. Himmelstoss parece tê-la alarmado. O sargento gordo trota à frente da coluna. É engraçado que quase todos os sargentos de carreira sejam gordos.

Ele é seguido pelo vingativo Himmelstoss. Suas botas reluzem ao sol.

Levantamo-nos. O sargento diz, arfando:

– Onde está Tjaden?

Claro que ninguém sabe. Himmelstoss nos encara com raiva:

— Tenho certeza de que os senhores sabem. Só não querem dizer. Falem logo.

O sargento olha ao redor, procurando; Tjaden está fora do campo de visão. Ele tenta outra estratégia:

— Tjaden deve se apresentar à secretaria em dez minutos.

Com isso, ele se afasta. Himmelstoss está no seu encalço.

— Tenho a sensação de que um rolo de arame vai cair nas pernas de Himmelstoss na próxima vez que eu estiver cavando uma trincheira – suspeita Kropp.

— Ainda vamos nos divertir muito com ele – diz Müller, rindo.

Essa é a nossa ambição: combater as ideias de um carteiro...

Vou até o acampamento e conto tudo a Tjaden para que ele desapareça. Em seguida, mudamos de lugar e nos sentamos novamente para jogar cartas. Porque é o que sabemos fazer: jogar cartas, xingar e guerrear. Não é muito quando se tem vinte anos, mas já é demais para quem tem vinte anos.

Depois de meia hora, Himmelstoss está conosco de novo. Ninguém lhe dá atenção. Ele pergunta sobre Tjaden. Nós damos de ombros.

— Vocês deveriam procurá-lo – insiste ele.

— Por que "vocês"? – quer saber Kropp.

— Bem, vocês estão aqui...

— Gostaria de pedir ao senhor que não nos trate por vocês – diz Kropp como um coronel.

Himmelstoss fica perplexo:

— Quem tratou os senhores assim?

— O senhor!

— Eu?

– Sim.

Ele para, pensativo. Olha para Kropp com desconfiança, pois não tem ideia do que ele quer dizer. Seja como for, não se arrisca a esse ponto e vem até nós:

– Vocês não o encontraram?

Kropp deita-se na grama e diz:

– Por acaso o senhor já esteve aqui?

– Não é da sua conta – afirma Himmelstoss. – Eu exijo uma resposta.

– Combinado – responde Kropp e se levanta. – Está vendo lá, onde estão as nuvenzinhas? É a artilharia antiaérea. Estávamos lá ontem. Cinco mortos, oito feridos. Na verdade, foi bem divertido. Da próxima vez que o senhor nos acompanhar, as tropas, antes de morrer, vão se apresentar ao senhor, baterão continência e perguntarão prontamente: Por favor, autorização para bater em retirada! Por favor, autorização para comer grama pela raiz! O senhor é o tipo de gente que estávamos esperando por aqui.

Ele volta a se sentar, e Himmelstoss desaparece como um cometa.

– Três dias de detenção – supõe Kat.

– Da próxima vez, eu solto os cachorros – digo a Albert.

Mas acabou aí. Um interrogatório acontecerá durante a chamada à noite. Nosso tenente Bertinck está na secretaria e manda chamar um após o outro.

Também preciso comparecer como testemunha e esclarecer por que Tjaden se rebelou. A história de molhar a cama o impressiona. Himmelstoss é convocado, e repito minhas declarações.

– É verdade? – pergunta Bertinck a Himmelstoss.

Ele se contorce todo, até que Kropp dá as mesmas declarações e ele finalmente precisa admitir.

– Por que ninguém denunciou isso na época? – pergunta Bertinck.

Ficamos em silêncio; ele deve saber o resultado de uma reclamação sobre essas ninharias no exército. Será que existe reclamação no exército? Ele compreende e, primeiramente, repreende Himmelstoss, deixando claro mais uma vez que o front não é um pátio de quartel. Em seguida, é a vez de Tjaden, que, punido com mais severidade, recebe um sermão inteiro e três dias de detenção. Com uma piscadela, ele condena Kropp a um dia de detenção.

– Não tem outro jeito – diz ele com pesar.

É um camarada razoável.

A prisão é agradável. O centro de detenção é um antigo galinheiro; os dois podem receber visitas, nós sabemos como fazê-lo. O porão teria sido uma boa prisão. Antes também éramos amarrados a uma árvore, mas agora isso é proibido. Às vezes, nos tratam como seres humanos.

Uma hora depois de Tjaden e Kropp irem para trás dos alambrados, partimos para nos juntar a eles. Tjaden nos cumprimenta cacarejando. Depois, jogamos baralho até tarde da noite. Tjaden vence, claro, esse vagabundo.

Quando nos despedimos, Kat me pergunta:
– O que acha de um ganso assado?
– Nada mau – respondo.

Subimos em um caminhão de munição. O trajeto custa dois cigarros. Kat memorizou exatamente o lugar. O estábulo pertence ao Estado-Maior do regimento. Decido pegar o ganso e ouço as instruções. O estábulo fica atrás do muro, trancado apenas com uma cavilha.

Kat estende as mãos, eu encaixo meu pé nelas e escalo o muro. Enquanto isso, Kat serve de vigia.

Fico parado por alguns minutos para meus olhos se acostumarem com a escuridão. Em seguida, reconheço o estábulo. Esgueiro-me em silêncio, sinto a cavilha, puxo-a e abro a porta.

Distingo duas manchas brancas. Dois gansos, aí é complicado: se eu pegar um, o outro vai gritar. Então pego os dois – se eu for rápido, vai funcionar.

Tomo impulso e dou um pulo. Pego um de cara, um momento depois, o segundo. Bato a cabeça deles contra a parede loucamente para atordoá-los. Mas acho que não bati com força suficiente. Os bichos grasnam e batem as patas e as asas. Entro em uma luta encarniçada, mas, minha nossa, que força tem um ganso desses! Eles se debatem, me fazendo cambalear. No escuro, esses trapos brancos são terríveis, parece que meus braços criaram asas, quase tenho medo de subir ao céu, como se tivesse um par de balões cativos nas mãos.

Então, o escândalo começa; um deles toma fôlego e ronca como um despertador. Antes que eu perceba, estamos do lado de fora, algo me empurra, vou ao chão e ouço rosnados nervosos. Um cachorro.

Olho para o lado; ele avança no meu pescoço. Imediatamente fico imóvel e, sobretudo, enfio o queixo no colarinho do uniforme.

É um dogue alemão. Depois de uma eternidade, ele inclina a cabeça para trás e se senta ao meu lado. Mas, quando tento me mover, ele rosna. Começo a pensar. Tudo o que consigo fazer é pegar meu pequeno revólver. Definitivamente tenho que sair dali antes que alguém chegue. Deslizo minha mão centímetro por centímetro.

Sinto que isso leva horas. A cada vez um movimento suave e um rosnado perigoso; mantenho-me imóvel e tento novamente. Quando pego o revólver na mão, ela começa a tremer. Eu apoio-o na terra e, então, repasso a ação: levantar o revólver, atirar antes que ele possa atacar e sair em disparada.

Lentamente recupero o fôlego e fico mais calmo. Em seguida, prendo a respiração, levanto o revólver, ouve-se um estampido, o dogue alemão cai de lado, uivando, chego à porta do estábulo e tropeço em um dos gansos fugitivos.

Agarro-o rapidamente na corrida, lanço-o por cima do muro com o impulso e, em seguida, o escalo. Antes de eu conseguir pular para o outro lado, o dogue alemão já está refeito e salta atrás de mim. Rapidamente, solto as mãos e me deixo cair. Kat está dez passos à minha frente com o ganso embaixo do braço. Assim que me vê, saímos em disparada.

Por fim, conseguimos recuperar o fôlego. O ganso está morto, Kat cuidou disso em um instante. Queremos assá-lo logo, antes que alguém perceba. Pego panelas e lenha no acampamento e nos esgueiramos até um pequeno galpão abandonado que sabemos servir para tais propósitos. A única janela está bem fechada. Tem uma espécie de fogão: uma placa de ferro sobre tijolos. Acendemos o fogo.

Kat depena o ganso e o prepara. Cuidadosamente deixamos as penas de lado. Vamos fazer duas pequenas almofadas com a inscrição: "Descanse em paz no fogo de artilharia!".

O fogo de artilharia do front zumbe ao redor de nosso refúgio. A luz vacila em nosso rosto, sombras dançam na parede. Às vezes há um baque surdo, e o galpão treme. São bombas aéreas. Lá pelas tantas, ouvimos gritos abafados. Uma barraca deve ter sido atingida.

Aviões zumbem; o tá-tá-tá das metralhadoras aumenta. Mas de onde estamos não sai nenhuma luz que possa ser avistada lá fora.

Então ficamos frente a frente, Kat e eu, dois soldados em casacos surrados, assando um ganso no meio da noite. Não conversamos muito, mas temos um pelo outro uma consideração mais terna do que imagino que namorados possam ter. Somos duas pessoas, duas ínfimas faíscas de vida, lá fora estão a noite e o círculo da morte. Sentamo-nos à beira desse círculo, em perigo e, ao mesmo tempo, protegidos; a gordura escorre em nossas mãos, nossos corações estão unidos, essa hora é como esse espaço: cintila com um fogo suave, as luzes e sombras das sensações vêm e vão. O que ele sabe sobre mim – o que eu sei sobre ele, nenhum de nossos pensamentos teria sido igual antes –, agora, estamos sentados diante de um ganso, sentindo nossa existência, e estamos tão próximos que nem queremos falar.

Leva muito tempo para assar um ganso, mesmo que seja jovem e gordo. Então nos revezamos. Um rega a carne com gordura enquanto o outro cochila. Um aroma delicioso se espalha aos poucos.

Os sons lá de fora viram uma banda, um sonho em que não se perde completamente a memória. Vejo Kat, meio adormecido, levantando e abaixando a colher, gosto dele, seus ombros, sua figura angulosa e curvada – e, ao mesmo tempo, vejo florestas e estrelas atrás dele, e uma voz bondosa pronuncia palavras que me acalmam, a mim, um soldado que, com suas grandes botas, seu cinto e seu bornal, fica pequeno e caminha sob o céu aberto no caminho que está à sua frente, que esquece com rapidez e raramente fica triste, que sempre avança sob o grande céu noturno.

Um pequeno soldado e uma voz bondosa, e, se alguém o acariciar, talvez ele não mais consiga entender, o soldado com as grandes botas e o coração fechado, que marcha porque usa botas e se esqueceu de tudo, menos de marchar. Não há flores no horizonte e uma paisagem tão silenciosa na qual ele, o soldado, tem vontade de chorar? Não há imagens que ele não perdeu porque nunca as teve, confusas, mas que ainda assim passaram por ele? Seus vinte anos não estão ali?

Meu rosto está molhado, e onde estou? Kat está à minha frente, sua sombra enorme curvada, caindo sobre mim, fazendo com que eu me sinta em casa. Ele fala baixinho, sorri e volta para o fogo.

Então ele declara:

– Está pronto.

– Está, Kat.

Eu tremo. O assado marrom brilha no meio daquele cômodo. Pegamos nossos garfos dobráveis e nossos canivetes e cortamos uma coxa cada um. Comemos com pão, que mergulhamos no molho. Comemos devagar, deliciando-nos.

– Está gostoso, Kat?

– Demais. E para você?

– Muito, Kat.

Somos irmãos e oferecemos as melhores partes um para o outro. Depois, eu fumo um cigarro, Kat, um charuto. Sobra bastante carne.

– Kat, que tal levarmos um pedaço para Kropp e Tjaden?

– Combinado – diz ele.

Cortamos uma porção e a embrulhamos cuidadosamente em jornal. Na verdade, queremos levar o restante para a nossa barraca, mas Kat ri e apenas diz:

– Tjaden.

Eu entendo: temos que levar tudo conosco. Então vamos até o galinheiro para acordá-los. Antes disso, guardamos as penas.

Kropp e Tjaden acham que estão sonhando. Então rangem os dentes. Tjaden enfia uma asa na boca com as duas mãos, como uma gaita, e mastiga. Bebe a gordura da panela e estala os lábios:

– Nunca vou me esquecer disso!

Vamos para a nossa barraca. Lá está o céu aberto de novo, com as estrelas e a aurora que irrompe, e eu ando sob ele, um soldado com grandes botas e barriga cheia, um pequeno soldado na madrugada, mas, ao meu lado, curvado e anguloso, está Kat, meu camarada.

Os contornos da barraca se aproximam de nós na aurora como um sono escuro e bom.

6

Correm rumores de uma ofensiva. Vamos para o front dois dias mais cedo que de costume. No caminho, passamos por uma escola alvejada. Empilhada ao longo de sua extensão há uma parede dupla e alta de caixões novos, claros, não polidos. Ainda cheiram a resina, pinho e floresta. Há pelo menos uma centena.

— Estão bem preparados para a ofensiva — diz Müller, surpreso.

— Estes são para nós — resmunga Detering.

— Não fale bobagem! — ralha Kat com ele.

— Fique feliz se você ainda conseguir um caixão — diz Tjaden, sorrindo —, vão dar só uma lona de barraca para você com essa sua cara de boneco de tiro ao alvo, cuidado!

Os outros também estão brincando, fazendo piadas maldosas — o que mais devemos fazer? Os caixões são mesmo para nós. Organização serve para esse tipo de coisa.

Em toda parte, o front está fervilhando. Na primeira noite, tentamos nos orientar. Como tudo está bastante silencioso, conseguimos ouvir os caminhões de transporte avançando atrás da linha inimiga, sem parar, até o anoitecer. Kat diz que não estão batendo em retirada, mas trazendo tropas, munição, armas e canhões.

A artilharia inglesa está sendo reforçada, soubemos disso imediatamente. Há pelo menos mais quatro baterias de 20,5 à direita da fazenda, e, por trás dos tocos de choupos, foram instalados lança-minas. Além disso, foi trazida uma quantidade grande das pequenas feras francesas com pavios de detonação.

Estamos deprimidos. Duas horas depois de ficarmos presos nos abrigos, nossa própria artilharia atira em nós nas trincheiras. É a terceira vez em quatro semanas. Se houvesse erros de pontaria, ninguém diria nada, mas o problema são os canos de canhão muito desgastados; as cargas são tão irregulares que os tiros se desviam até o nosso setor. Nessa noite, o resultado são dois dos nossos feridos.

O front é uma jaula onde é preciso esperar nervosamente pelo que vai acontecer. Deitamo-nos sob as grades de granadas voando e vivemos na tensão da incerteza. O acaso paira sobre nós. Se um tiro vier, só consigo me abaixar; não posso saber exatamente para onde ele seguirá nem influenciar sua trajetória.

É esse acaso que nos deixa indiferentes. Fiquei em um abrigo alguns meses atrás jogando baralho; depois de um tempo, me levantei e fui visitar conhecidos em outro abrigo. Quando voltei, não havia mais nada do primeiro, tinha sido estraçalhado por uma bomba certeira. Voltei ao segundo e cheguei bem a tempo de ajudar a remover os destroços, pois, nesse meio-tempo, ele tinha sido derrubado.

Assim como ao acaso posso ser atingido, permaneço vivo. Posso ser esmagado no abrigo à prova de bombas e sobreviver ileso a dez horas de bombardeio em campo aberto. Cada soldado permanece vivo apenas por mil coincidências. E todo soldado acredita e confia no acaso.

Precisamos cuidar do nosso pão. Os ratos multiplicaram-se nos últimos tempos, já que as trincheiras não mais se encontram em perfeita ordem. Detering afirma que é o sinal mais seguro de que teremos problemas.

Os ratos aqui são especialmente repulsivos pois são muito grandes. São do tipo que chamam de ratos de cadáver. Têm caras horríveis, cruéis e peladas, e causa nojo apenas ver as caudas longas e carecas.

Parecem realmente famintos. Comeram o pão de quase todo mundo. Kropp embrulhou o pão bem firme na lona embaixo da cabeça, mas ele não consegue dormir, pois eles correm sobre seu rosto para tentar alcançá-lo. Detering quis dar uma de inteligente; prendeu um fio fino no teto e pendurou seu pão nele. Quando acende sua lanterna à noite, vê o fio balançando para frente e para trás. Um rato gordo cavalga no pão.

Então colocamos um fim àquela situação. Cortamos cuidadosamente os pedaços de pão que os animais roeram; não tem como jogar o pão fora porque amanhã não teremos o que comer.

Deixamos as fatias cortadas juntas no meio do chão. Todos pegam suas pás e se deitam, prontos para golpear. Detering, Kropp e Kat deixam as lanternas a postos.

Depois de alguns minutos, ouvimos o primeiro ruído. Fica mais intenso, agora são vários passinhos. Em seguida, as lanternas acendem, e todos golpeiam a pilha preta, que se despedaça com um guinchado. Temos sucesso. Colocamos as partes dos ratos na beira da vala e ficamos à espreita de novo.

Conseguimos acertar mais alguns. Então os animais notam algo ou sentem o cheiro do sangue. Não vêm mais. No entanto, o pão que sobrava no chão era levado por eles no dia seguinte.

No setor vizinho, eles atacaram dois grandes felinos e um cachorro, morderam-nos até a morte e os comeram.

No dia seguinte, temos queijo Edam. Todo mundo recebe quase um quarto de queijo. É bom em parte, porque esse queijo é gostoso – e, em parte, é ruim, porque para nós as grandes bolas vermelhas sempre foram um prenúncio de confusão. Nossa suspeita aumenta quando a aguardente é distribuída. Por enquanto, vamos beber, mas não nos sentimos bem com isso.

Durante o dia, fazemos competições de tiro ao rato e andamos a esmo por aí. Os cartuchos e os suprimentos de granadas de mão ficam mais abundantes. Nós mesmos verificamos as baionetas. Algumas têm um serrilhado no gume. Se pegarem alguém ali com esse lado, a morte será imediata. No setor vizinho, encontramos pessoas cujo nariz foi cortado e cujos olhos foram arrancados com essas baionetas serrilhadas. Em seguida, encheram a boca e o nariz deles com serragem para sufocá-los.

Alguns recrutas ainda têm baionetas semelhantes; vamos dar um jeito nelas e arranjar-lhes outras.

No entanto, a baioneta perdeu sua importância. Em ataques, às vezes, é moda usar apenas granadas de mão e pás. A pá afiada é uma arma mais leve e versátil, não apenas é possível cravá-la embaixo do queixo, também é possível golpear com ela, o impacto é maior; especialmente se a pancada for na diagonal entre o ombro e o pescoço, facilmente abre a pessoa até o peito. A baioneta muitas vezes fica presa quando é cravada, é preciso chutar a outra pessoa com força na barriga para soltá-la e, enquanto isso, pode-se facilmente receber um golpe. Às vezes, a lâmina também se parte.

O gás costuma ser usado à noite. Aguardamos o ataque e nos deitamos com as máscaras prontas para serem usadas assim que a primeira sombra aparecer.

Amanhece sem que nada aconteça. Somente esse rolar enervante das rodas lá adiante, trens e mais trens, caminhões e mais caminhões, que concentração é essa do outro lado? Nossa artilharia continua a trabalhar, e não para, não para...

Temos rostos cansados e não olhamos uns para os outros.

– Vai ser como no Somme, quando tivemos bombardeios por sete dias e noites sem parar – diz Kat, sombrio.

Ele não contou nenhuma piada desde que chegamos aqui, e isso é ruim, porque Kat é um macaco velho do front, que tem faro. Apenas Tjaden está feliz com as boas rações e o rum; até diz que bateremos em retirada de forma tranquila, que nada acontecerá.

Quase parece verdade. Os dias passam. À noite, me sento no buraco ao lado do posto de escuta. Foguetes e sinalizadores alçam voo sobre mim e caem. Cauteloso e tenso, meu coração palpita. Meus olhos não saem do relógio com o mostrador luminoso; o ponteiro não quer avançar. O sono pesa em minhas pálpebras, mexo os dedos dos pés nas botas para ficar acordado. Nada acontece até que somos substituídos, apenas o ruído das rodas continua. Aos poucos, nos acalmamos e jogamos baralho sem parar. Talvez estejamos com sorte.

O céu fica cheio de balões cativos durante o dia. Dizem que os inimigos vão enviar tanques e aviões de infantaria para o ataque. Mas isso nos interessa menos do que o que é dito sobre os novos lança-chamas.

Acordamos no meio da noite. A terra trepida. Bombardeio pesado sobre nós. Nós nos encolhemos pelos cantos. Conseguimos distinguir os disparos de todos os calibres.

Todo mundo agarra suas coisas, e a cada momento se certifica de que elas continuam lá. O abrigo treme, a noite é de rugidos e clarões. Olhamos um para o outro no lampejo de um segundo e balançamos a cabeça com rostos pálidos e lábios franzidos.

Todo mundo sente quando a artilharia pesada arranca o parapeito das trincheiras, destrói a barragem e estoura os blocos superiores de concreto. Quando a bomba atinge a trincheira, notamos o impacto mais surdo e violento, como o golpe de um predador rosnando. Quando amanhece, alguns recrutas já estão pálidos e vomitando. Ainda são muito inexperientes.

Devagar, uma luz cinzenta repulsiva entra na vala e deixa o brilho das explosões mais pálido. A manhã chegou. Agora, minas explosivas se misturam com o fogo da artilharia. O que existe é um abalo dos mais insanos. Cada local atingido vira uma vala comum.

Os destacamentos saem, os vigias entram cambaleando, cobertos de lama, trêmulos. Um deita-se em silêncio no canto e come; o outro, um reservista, soluça; ele voou sobre o parapeito duas vezes sob a pressão da explosão, sem sofrer nada além de um choque nervoso.

Os recrutas olham para ele. Esse sentimento tem um contágio rápido, temos que ter cuidado, outros lábios já começam a tremer. É bom que esteja clareando, talvez o ataque venha pela manhã.

O bombardeio não arrefece. Também está atrás de nós. Terra e ferro jorram até onde se pode enxergar. Essa mancha se estende em uma faixa bem larga.

O ataque não acontece, mas os impactos continuam. Aos poucos, estamos ficando surdos. Quase ninguém mais fala. Aliás, é impossível se entender.

Nossa trincheira quase desapareceu. Em muitos lugares, tem apenas meio metro de altura, atravessada por buracos, depressões e montes de terra. Uma granada explode bem diante da nossa vala. De pronto, tudo fica escuro. Estamos soterrados e temos que nos desenterrar. Depois de uma hora, a entrada está livre de novo, e ficamos um pouco mais calmos porque tínhamos trabalho a fazer.

Nosso comandante entra e informa que dois abrigos caíram. Os recrutas acalmam-se ao vê-lo. Ele diz que tentarão nos trazer comida esta noite.

Parece reconfortante. Ninguém havia pensado nisso, exceto Tjaden. Agora, algo está se aproximando de novo, vindo lá de fora; se podem ir buscar comida, talvez não esteja tão ruim assim, pensam os recrutas. Não os perturbamos em seus pensamentos, sabemos que a comida é tão importante quanto a munição, e essa é a única razão por que ela precisa ser trazida.

Mas tudo vai abaixo. Um segundo destacamento parte, mas também volta de mãos vazias. Por fim, Kat os acompanha, e até ele reaparece sem nada. Ninguém passa, nenhum rabo de cachorro é estreito o suficiente para esse fogo cerrado.

Apertamos os cintos e mastigamos cada mordida três vezes mais. Mas ainda não é suficiente, nossa fome é feroz e maldita. Guardo a casca do pão, como a parte macia, a casca fica no bornal; de vez em quando, dou uma mordiscada.

A noite é insuportável. Não conseguimos dormir, encaramos o nada e cochilamos. Tjaden lamenta termos desperdiçado nossos pedaços de pão roído com os ratos. Devíamos tê-los recuperado. Todo mundo os comeria agora. Também nos falta água, mas não é grave por enquanto.

Pouco antes do amanhecer, quando ainda está escuro, há um tumulto. Um bando de ratos em fuga corre pela entrada e escala as paredes. As lanternas iluminam a confusão. Todo mundo grita, xinga e bate neles. É a explosão de raiva e desespero acumulados ao longo de muitas horas que irrompe. Os rostos estão distorcidos, os braços se debatem, os animais guincham, fica tão difícil que paramos, pois quase atacamos uns aos outros.

A agitação nos esgotou. Deitamo-nos e voltamos à nossa vigília. É uma maravilha que nosso abrigo ainda não tenha tido baixas. É uma das poucas trincheiras que ainda resistem.

Um cabo se aproxima, ele vem com pão. Três pessoas conseguiram atravessar à noite e pegar algumas provisões. Disseram que o bombardeio continua até as posições de artilharia. É um mistério de onde tiram tantas armas lá do outro lado.

Precisamos esperar, esperar. Ao meio-dia, acontece o que eu esperava. Um dos recrutas tem um surto. Eu o observei por um longo tempo, rangendo os dentes de forma inquietante, abrindo e cerrando os punhos. Conhecemos muito bem aqueles olhos assombrados e esbugalhados. Nas últimas horas, só aparentemente ele ficara mais calmo. Cedeu como uma árvore podre.

Agora, ele se levanta, rasteja discretamente pelo espaço, para por um momento e depois desliza em direção à saída. Eu me viro e pergunto:

– Aonde vai?

– Já volto – responde ele, querendo passar por mim.

– Espere um pouco, o bombardeio está diminuindo.

Ele ouve, e por um momento seus olhos clareiam. Então, aquele brilho opaco volta, como o de um cachorro raivoso; ele emudece e me empurra para longe.

– Espera aí, camarada! – grito.

Kat presta atenção. Assim que o recruta me empurra, ele o agarra, e nós o seguramos com força.

Imediatamente, ele começa a se enfurecer:

– Me larguem, me deixem sair, quero sair daqui!

Ele não ouve e ataca, a boca está molhada e ele cospe ao falar, palavras meio engolidas, sem sentido. É um ataque de claustrofobia, ele está com a sensação de sufocamento aqui dentro e só tem uma vontade: sair. Se o deixássemos partir, ele correria para qualquer lugar sem proteção. E não é o primeiro.

Como ele está muito raivoso e seus olhos já estão se revirando, não há o que fazer, temos que bater nele para trazê-lo à razão. Fazemos isso de forma rápida e impiedosa e conseguimos que ele fique tranquilo, por ora. Os outros ficaram pálidos com aquela história; espero que isso os assuste. Esse bombardeio é demais para os pobres coitados; saíram do depósito de recrutas para uma confusão que deixaria qualquer um de cabelo em pé.

O ar abafado nos enerva ainda mais depois desse acontecimento. Sentamo-nos como se estivéssemos em nosso túmulo, apenas esperando para sermos enterrados. De repente, houve um tremendo assobio e um clarão, as juntas do abrigo estalam com um tiro certeiro. Felizmente foi artilharia leve, e os blocos de concreto resistiram. Um barulho metálico e aterrorizante ressoa, as paredes tremem, armas, capacetes, terra, sujeira e poeira voam. A fumaça sulfurosa penetra no abrigo. Se estivéssemos em uma dessas coberturas leves que estão sendo construídas hoje em dia, em vez de em um abrigo permanente, ninguém estaria vivo agora.

Mas o efeito é terrível. O recruta de antes volta a ficar furioso, e outros dois o acompanham. Um se desvencilha e foge. Temos problemas com os outros dois. Corro atrás do fugitivo e considero atirar em suas pernas; um assobio se aproxima, me jogo no chão e, quando me levanto, a parede da trincheira está rebocada com estilhaços quentes, pedaços de carne e trapos de uniforme. Volto para o abrigo.

O primeiro parece ter ficado realmente louco. Se o soltamos, bate a cabeça contra a parede como um carneiro. À noite teremos que tentar levá-lo para a retaguarda. Por enquanto, vamos amarrá-lo de forma que possa ser desatado no caso de um ataque.

Kat sugere jogar baralho; o que fazer? Talvez seja mais fácil dessa forma. Mas não conseguimos, espreitamos cada impacto mais próximo e erramos as contas ou usamos o naipe errado. Deixamos para lá. Parece que estamos sentados em um caldeirão gigantesco que recebe pancadas de todos os lados.

Mais uma noite. Estamos entorpecidos pela tensão. É uma tensão mortal que arranha nossas espinhas como uma faca afiada. As pernas não querem mais obedecer, as mãos tremem, o corpo é uma pele fina sobre uma loucura arduamente reprimida, sobre um rugido incontrolável que irrompe ininterruptamente. Não temos mais carne ou músculos, não conseguimos olhar um para o outro por medo de algo imprevisível. Então, apertamos os lábios – vai passar – vai passar –, talvez consigamos passar.

De repente, as explosões mais próximas param. O fogo continua, mas recuou, nossa trincheira está livre.

Pegamos as granadas de mão, jogamos diante do abrigo e pulamos para fora. O bombardeio cessou, mas há um fogo de barragem pesado atrás de nós. O ataque chega.

Ninguém acreditaria que ainda pudesse haver pessoas naquele deserto revirado, mas agora capacetes de aço estão saindo das trincheiras por toda parte, e a cinquenta metros de nós uma metralhadora já está posicionada, prestes a disparar.

As cercas de arame farpado estão destroçadas. Pelo menos ainda protegem alguma coisa. Vemos as tropas de assalto chegando. Nossa artilharia cospe fogo. Metralhadoras matraqueiam, baionetas estalam. Do outro lado, os inimigos estão se aproximando. Haie e Kropp começam com as granadas de mão. Lançam o mais rápido que podem, e elas são passadas a eles já sem pino. Haie lança a sessenta metros de distância, Kropp a cinquenta, o que foi testado e comprovado, e isso é importante. Os do outro lado não conseguem fazer muita coisa durante a corrida, pelo menos enquanto não chegarem a trinta metros.

Reconhecemos os rostos distorcidos, os capacetes achatados: são franceses. Chegam ao que sobrou da barricada de arame farpado e já têm baixas visíveis. Uma fileira inteira é derrubada por nossas metralhadoras; então, temos vários obstáculos, e aqueles rostos estão se aproximando.

Vejo um deles cair sobre um cavalo de frisa, com o rosto erguido. O corpo cede, as mãos pendem como se quisesse rezar. Então o corpo despenca por completo, sobrando no cavalo de frisa apenas as mãos crivadas de balas com os tocos dos braços pendurados no arame.

No momento em que recuamos, três rostos se erguem do chão à frente. Sob um dos capacetes, um cavanhaque escuro e dois olhos se fixam em mim. Levanto a mão, mas não consigo acertar naqueles olhos estranhos, por um louco momento toda a batalha ao meu redor se desenrola como um circo, e apenas esses dois olhos estão imóveis; então a cabeça se ergue, a mão, o movimento, e minha granada de mão voa lá para dentro.

Recuamos às pressas, empurramos os cavalos de frisa para dentro da trincheira e deixamos as granadas sem pinos atrás de nós, garantindo uma batida em retirada com explosões. As metralhadoras dispararam da posição seguinte.

Viramos animais perigosos. Não lutamos: nos defendemos da aniquilação. Não arremessamos granadas nas pessoas; pelo que sabemos no momento, ali a morte corre atrás de nós com mãos e capacetes, conseguimos olhá-la na cara pela primeira vez em três dias, podemos nos defender dela pela primeira vez em três dias, temos uma raiva louca, não ficamos mais impotentes esperando no cadafalso, podemos destruir e matar para nos salvar e nos vingar.

Agachamo-nos em cada canto, atrás de cada estrutura de arame farpado, e lançamos granadas aos pés daqueles que estavam chegando antes de escaparmos. Os estrondos das granadas de mão fazem nossos braços e pernas tremerem, corremos agachados como gatos, inundados por essa onda que nos carrega, que nos transforma em homens cruéis, salteadores, assassinos, até demônios, essa onda que multiplica nossa força em medo, raiva e ânsia pela vida, que busca a nossa salvação e luta por ela. Se seu próprio pai viesse com os inimigos, ninguém hesitaria em atirar uma granada no peito dele!

As trincheiras da frente estão abandonadas. Ainda existem trincheiras? Foram metralhadas, destruídas – há apenas partes esparsas de trincheiras, buracos conectados por caminhos, crateras, nada mais. Mas as baixas daqueles que estão do outro lado se acumulam. Eles não contavam com tanta resistência.

É meio-dia, o sol queima, o suor arde em nossos olhos, limpamos com as mangas, às vezes sai sangue. A primeira trincheira ligeiramente mais bem preservada aparece. Está ocupada, pronta para o contra-ataque e nos recebe. Nossa artilharia desdobra-se poderosamente e impede o avanço inimigo.

As linhas da retaguarda estacam. Não é possível seguir em frente. O ataque é destroçado por nossa artilharia. Ficamos à espreita. O fogo salta cem metros adiante e avançamos de novo. Ao meu lado, a cabeça de um soldado é arrancada. Ele corre mais alguns passos enquanto o sangue jorra de seu pescoço como um chafariz.

Não chega a ser uma luta corpo a corpo, os outros são obrigados a recuar. Alcançamos nossas trincheiras despedaçadas e avançamos além delas.

Ah, essa reviravolta! Atingimos as posições protegidas da reserva, gostaríamos de rastejar para dentro delas, desaparecer; e é preciso se virar e encarar de novo o horror. Se não fôssemos autômatos neste momento, ficaríamos ali, exaustos, alquebrados. Mas somos empurrados adiante, alquebrados e ainda incrivelmente selvagens e furiosos, queremos matar, porque aqueles à frente são nossos inimigos mortais, suas metralhadoras e granadas estão apontadas para nós, se não os destruirmos, eles vão nos destruir!

A terra marrom, a terra marrom revirada, estilhaçada, que brilha engordurada sob os raios do sol, é o cenário de um automatismo inquieto e vago, nossa respiração ofegante é o ranger das molas, os lábios estão secos, a cabeça está mais caótica do que depois de uma noite de bebedeira – então, seguimos cambaleando, e em nossas almas crivadas, desoladas, penetra como uma tortura insistente a imagem da terra marrom sob o sol gorduroso, os soldados mortos deitados como deve ser, e os agonizantes tentando pegar nossas pernas e gritando enquanto saltamos sobre eles.

Perdemos todo o sentimento pelo outro, mal nos reconhecemos quando a imagem do outro passa por nosso olhar assombrado. Somos mortos insensíveis que, por um truque, um feitiço perigoso, ainda conseguem andar e matar.

Um jovem francês fica para trás e é alcançado; ele levanta as mãos, em uma delas ainda tem o revólver – não se sabe se quer atirar ou se render –, um golpe de pá lanha seu rosto. Um segundo vê a situação e tenta fugir, uma baioneta se crava em suas costas com um chiado. Ele tem um sobressalto e, com os braços estendidos e a boca aberta, grita, cambaleia para longe, a baioneta balançando nas costas. Um terceiro joga o fuzil no chão e se agacha, tapando os olhos com as mãos. Ele fica para trás com alguns outros prisioneiros para carregar os feridos.

De repente, na perseguição, nos deparamos com as posições inimigas.

Estamos tão perto dos inimigos em retirada que conseguimos chegar quase ao mesmo tempo que eles. Como resultado, temos poucas perdas. Uma metralhadora matraqueia, mas é silenciada por uma granada de mão. Mas poucos segundos foram suficientes para encaixar tiros no estômago de cinco dos nossos. Kat esmaga com a coronha o rosto de um dos atiradores até então ilesos. Esfaqueamos os outros antes que peguem as granadas de mão. Então bebemos com sede a água fresca.

Alicates cortando arame estalam em todos os lugares, tábuas ressoam sobre as cercas, saltamos pelas entradas estreitas das trincheiras. Haie enfia sua pá na garganta de um francês enorme e lança a primeira granada de mão; nos abaixamos atrás de um parapeito por alguns segundos, então o trecho reto da trincheira à nossa frente fica vazio. O arremesso seguinte zumbe na diagonal em uma curva e abre caminho; enquanto corremos, granadas voam para dentro dos abrigos, a terra sacode, explode, fumega e range, tropeçamos em pedaços escorregadios de carne, em corpos amolecidos, caio sobre uma barriga escancarada, acima da qual jaz um quepe de oficial novo e limpo.

A batalha arrefece. A conexão com o inimigo se interrompe. Como não conseguimos ficar ali por muito tempo, somos levados de volta à nossa posição, sob a proteção de nossa artilharia. Mal ficamos sabendo disso e disparamos para o próximo abrigo a fim de, antes de escaparmos, pegar um pouco da comida enlatada que acabamos de ver, especialmente as latas de carne e manteiga.

Voltamos bem. Por ora, não vai haver mais ataques do lado de lá. Por mais de uma hora ficamos deitados, ofegantes, descansando antes que alguém falasse. Estamos tão exaustos que, apesar da fome intensa, não pensamos na comida enlatada. Só aos poucos voltamos a ser algo como seres humanos.

Aquela carne enlatada é famosa em todo o front. Na verdade, às vezes é o principal motivo para um ataque surpresa do nosso lado, porque nossa dieta em geral é pobre; estamos sempre com fome.

Ao todo, pegamos cinco latas. As pessoas ali são alimentadas, isso é um deleite comparado a nós, homens famintos sobrevivendo à base de geleia de nabo; a carne é passada de mão em mão, só é preciso pegá-la. Haie também pegou uma fatia fina de pão e a enfiou atrás do cinto como uma pá. Tem um pouco de sangue no canto, mas pode ser cortado.

É uma sorte que agora tenhamos boa comida; ainda precisaremos das nossas forças. Uma refeição completa é tão valiosa quanto um bom abrigo; por isso ficamos tão ávidos por ela, porque pode salvar nossas vidas.

Tjaden sequestrou dois cantis de conhaque. Passamos ao redor de mão em mão.

Começam as orações noturnas. A noite está chegando, a neblina está subindo das trincheiras. Parece que os buracos estão cheios de segredos assustadores. A bruma branca rasteja com cautela antes de ousar deslizar sobre a borda. Em seguida, faixas longas se estendem de trincheira a trincheira.

Está frio. Estou de guarda, encarando a escuridão. Sinto-me fraco, como sempre me sinto depois de um ataque, e por isso é difícil para mim ficar sozinho com meus pensamentos. Não são pensamentos reais, são lembranças que me assombram em minha fraqueza e fazem com que eu me sinta estranho.

Os foguetes luminosos alçam voo – e eu vejo uma imagem, uma noite de verão, estou no claustro da catedral e olho para as roseiras altas que florescem no meio do pequeno jardim do claustro, onde estão enterrados os cônegos. Ao redor estão as imagens em pedra das estações do terço. Não há ninguém ali; um grande silêncio abraça essa pracinha florida, o sol repousa quente sobre as grossas pedras cinzentas, pouso minha mão sobre elas e sinto o calor. Acima do canto direito do telhado de ardósia, a torre verde da catedral se eleva para o azul opaco e suave do fim de tarde. Entre os pequenos pilares reluzentes dos claustros há apenas a escuridão fresca que só as igrejas têm, e eu fico ali pensando que, quando eu tiver vinte anos, vou conhecer as coisas desconcertantes que vêm das mulheres.

A imagem está perturbadoramente próxima, ela me emociona antes de se dissolver sob o clarão da próxima bola luminosa.

Pego meu rifle e o ajusto. O cano está úmido, envolvo minha mão firmemente ao redor dele e passo os dedos para retirar a umidade.

Entre os prados nos arredores da nossa cidade, uma fileira de velhos choupos se erguia junto a um riacho. Eram visíveis de longe e, embora ficassem apenas de um lado, a trilha era chamada de Alameda dos Choupos. Mesmo quando crianças, tínhamos carinho por eles, eles nos atraíam inexplicavelmente, passávamos dias inteiros com eles e ouvíamos seu barulho suave. Sentávamos embaixo deles à margem do riacho e balançávamos os pés sobre as ondas brilhantes e rápidas. O puro cheiro da água e a melodia do vento nos choupos dominavam nossa imaginação. Nós os amávamos muito, e a imagem daqueles dias, antes de desaparecer, ainda faz meu coração palpitar.

É estranho que todas as lembranças que chegam têm essas características. São sempre cheias de quietude, que é o seu ponto mais forte, e, mesmo quando não eram assim, parecem ser. São aparições silenciosas que me falam com olhares e gestos, sem palavras, emudecidas – e seu silêncio é o que choca, me obriga a agarrar a manga da minha camisa e a arma para não me deixar desvanecer nessa dissolução e nessa tentação, em que meu corpo quer se espalhar e suavemente se fundir com as forças silenciosas por trás das coisas.

Elas são tão silenciosas que ficam incompreensíveis para nós. Não há quietude no front, e o feitiço do front é tão abrangente que nunca estamos fora dele. Mesmo nos depósitos distantes e nos alojamentos de descanso, o zumbido e o estrondo abafado dos bombardeios sempre permanecem em nossos ouvidos. Nunca estamos tão longe a ponto de não ouvir mais. Mas, naqueles dias, estava insuportável.

A quietude é a razão por que as imagens do passado despertam menos desejo que tristeza – uma melancolia enorme, perplexa. Elas existiram, mas não vão voltar. Acabaram-se, são de outro mundo que acabou para nós. No quartel, despertavam um desejo rebelde e selvagem, ainda estavam ligadas a nós, nós pertencíamos a elas e elas a nós, mesmo que já estivéssemos apartados. Surgiram com as canções dos soldados que entoávamos durante uma marcha de exercício até a charneca em meio ao amanhecer e as silhuetas pretas da floresta, eram uma lembrança poderosa que existia dentro de nós e de nós exalava.

Mas aqui, nas trincheiras, elas se perderam para nós. Já não surgem de dentro de nós; estamos mortos, e elas estão longe no horizonte, são aparições, reflexos enigmáticos que nos agoniam, que tememos e amamos sem esperança. Elas são fortes, e nosso desejo é forte, mas elas são inatingíveis, e sabemos disso. São tão fúteis quanto a expectativa de se tornar um general.

E mesmo que essa paisagem da nossa juventude nos fosse devolvida, pouco saberíamos o que fazer com ela. As forças ternas e secretas transmitidas dela para nós não podem ser ressuscitadas. Estaríamos nela e passearíamos nela; nos lembraríamos dela e a amaríamos e nos comoveríamos ao vê-la. Mas seria como contemplar a fotografia de um camarada morto; são seus traços, é seu rosto, e os dias em que estivemos com ele ganham uma vida ilusória em nossa memória, mas não é ele de verdade.

Não estaríamos mais ligados a ela como estivemos. Não era o reconhecimento de sua beleza e expressão que nos atraía, mas o que tinham em comum esse sentimento de fraternidade e as coisas e os acontecimentos do nosso ser, que nos separava e sempre deixava o mundo de nossos pais um tanto incompreensível para nós; porque, de alguma forma, estávamos sempre ternamente perdidos e dedicados a ela, e mesmo o que houvesse de mais ínfimo nos levava ao caminho do infinito. Talvez fosse apenas prerrogativa de nossa juventude: ainda não tínhamos visto nenhum limite e, em lugar nenhum, admitimos um fim; tínhamos no sangue a expectativa, que nos unia com o decorrer dos nossos dias.

Hoje percorreríamos a paisagem de nossa juventude como viajantes. Somos marcados pelos fatos, conhecemos diferenças como comerciantes e necessidades como açougueiros. Não estamos mais despreocupados – estamos terrivelmente indiferentes. Estaríamos ali, mas estaríamos vivendo?

Somos desamparados como crianças e experientes como velhos, crus, tristes e superficiais – acho que estamos perdidos.

Minhas mãos ficam frias e minha pele se arrepia, ainda que a noite esteja quente. Apenas o nevoeiro é frio, esse nevoeiro misterioso que persegue os mortos à nossa frente e suga o que lhes resta de vida. Amanhã estarão pálidos e esverdeados, e seu sangue, coagulado e preto.

Os foguetes luminosos ainda alçam voo e lançam sua luz impiedosa sobre a paisagem petrificada, cheia de crateras e de um brilho frio como a lua. O sangue sob minha pele traz medo e inquietação aos meus pensamentos. Eles enfraquecem e tremem, querem calor e vida. Não podem aguentar sem consolo e ilusão, confusos diante da imagem nua do desespero.

Ouço o barulho de panelas e imediatamente tenho um forte desejo por comida quente, que me fará bem e me acalmará. Com dificuldade, me forço a esperar até ser rendido.

Então vou para o abrigo e lá encontro uma caneca de mingau de cevadinha. Foi cozida com gordura e tem um gosto bom, por isso como devagar. No entanto, permaneço em silêncio, embora os outros estejam de melhor humor porque o bombardeio se extinguiu.

Os dias passam, e cada hora é incompreensível, mas previsível. Os ataques alternam-se com contra-ataques, e devagar os mortos se acumulam no campo de trincheiras entre as crateras. Em geral, podemos buscar os feridos que não estão muito longe. No entanto, alguns precisam esperar muito tempo, e nós os ouvimos morrer.

Procuramos um deles em vão durante dois dias. Ele decerto está deitado de bruços e não consegue se virar. Não há outra maneira de explicar por que não conseguimos encontrá-lo, pois somente quando alguém grita com a boca colada ao chão é que fica difícil determinar a direção.

Ele deve ter levado um balaço, um daqueles ferimentos graves que não são tão graves a ponto de rapidamente enfraquecer o corpo o bastante para fazê-lo desmaiar, nem tão leves que seja possível suportar a dor com a perspectiva de voltar a estar inteiro. Kat comenta que o homem teve um esmagamento da bacia ou um tiro na coluna vertebral. O peito não está ferido, do contrário não teria tanta força para gritar. Seria possível vê-lo se mover se tivesse qualquer outra lesão.

Aos poucos, ele vai ficando rouco. A voz é tão fraca que poderia vir de qualquer lugar. Na primeira noite, nossos homens foram lá fora três vezes. Mas quando pensam que encontraram a direção e começam a engatinhar, da próxima vez que ouvem, a voz parece vir de outro lugar completamente diferente.

Procuramos em vão até o raiar do sol. Durante o dia, o terreno é explorado com binóculos, mas nada é descoberto. No segundo dia, o homem fala mais baixo; percebe-se que os lábios e a boca estão ressecados.

O comandante da nossa companhia prometeu licença preferencial de férias e três dias extras para quem o encontrar. É um incentivo forte, mas faríamos todo o possível mesmo sem ele, pois os gritos são terríveis. À tarde, Kat e Kropp saem mais uma vez, quando então Albert toma um tiro no lóbulo da orelha. Foi inútil, pois não o trazem consigo.

É fácil entender o que ele está gritando. No começo, ele gritava por socorro – na segunda noite, deve ter tido um pouco de febre, conversava com sua esposa e seus filhos, muitas vezes conseguimos ouvir o nome *Elise*. Hoje, ele só chora. À noite, a voz se reduz a um coaxar. Mas ele geme baixinho a noite toda. Nós o ouvimos com clareza porque o vento está soprando em direção à nossa trincheira. De manhã, quando pensamos que ele está calado faz tempo, um arfar estertorante ressoa...

Os dias são quentes, e os mortos jazem insepultos. Não conseguimos buscar todos, não sabemos aonde levá-los. Serão enterrados pelas granadas. A barriga de alguns incham como balões. Eles chiam, arrotam e se mexem. Os gases roncam dentro deles.

O céu está azul e sem nuvens. À noite, fica abafado, e o calor sobe da terra. Quando o vento sopra na nossa direção, traz consigo a bruma de sangue, pesada e nauseantemente doce, aquele golpe mortal das trincheiras, que parece uma mistura de clorofórmio e putrefação, e nos causa náuseas e vômitos.

As noites são tranquilas, e começa a caça aos anéis de cobre dos pinos das granadas e aos paraquedas de seda dos sinalizadores franceses. Ninguém sabe realmente por que esses anéis são tão desejados. Os colecionadores simplesmente afirmam que são valiosos. Tem gente que carrega tantos consigo que anda torta e curvada com o peso.

Haie dá pelo menos uma razão; ele quer enviá-los para sua noiva como substituto das ligas. Os soldados frísios, é claro, explodem em gargalhadas irreprimíveis, batendo nos joelhos e dizendo, "Isso é uma piada, meu Deus, Haie, você é um fanfarrão". Tjaden é o que menos consegue se conter; tem os anéis maiores na mão e fica o tempo todo enfiando a perna neles para mostrar quanto espaço ainda sobra.

– Haie, meu velho, ela deve ter belas pernas – seus pensamentos escalam um pouco demais –, e, então, deve ter um senhor traseiro, como de... um elefante.

Ele não consegue se controlar.

– Queria brincar de esconde-esconde com ela, minha nossa...

Haie sorri, pois sua noiva está recebendo muito reconhecimento, e diz, de um jeito presunçoso e sucinto:

– Um pedaço de mau caminho!

Os paraquedas de seda são mais práticos de se utilizar. Três ou quatro formam uma blusa, dependendo do tamanho do busto. Kropp e eu precisamos deles para fazer lenços. Os outros são enviados para casa. Se as mulheres vissem o quanto nos arriscamos para pegar esses trapos finos, tomariam um belo susto.

Kat surpreende Tjaden enquanto ele calmamente tenta tirar os anéis de uma granada que não estourou. Com qualquer outra pessoa, a coisa já teria explodido. Como sempre, Tjaden é sortudo.

Duas borboletas brincam na frente da nossa trincheira a manhã toda. São borboletas-limão, suas asas amarelas têm pontinhos vermelhos. O que pode tê-las trazido até aqui? Não se vê nenhuma planta ou flor a perder de vista. Pousam nos dentes de um crânio. Tão despreocupadas quanto os pássaros, há muito acostumados à guerra. Todas as manhãs, as cotovias sobrevoam o front. Um ano atrás, observamos cotovias chocando os ovos e também ensinando os filhotes a voar.

Os ratos deixaram-nos em paz na trincheira. Eles avançam e engordam, sabemos por quê; onde vemos um, o esmagamos. À noite, voltamos a ouvir os avanços do outro lado. Durante o dia, temos apenas bombardeio normal, então conseguimos consertar as trincheiras. Também não falta entretenimento, pois os aviadores estão lá para nos divertir. Inúmeras batalhas aéreas têm seu público garantido todos os dias.

Adoramos os aviões de combate, mas odiamos os de observação como uma praga; pois trazem na sequência o fogo de artilharia. Alguns minutos depois de aparecerem, chegam as explosões, com estilhaços e granadas. Desse jeito, perdemos onze pessoas em um dia, incluindo cinco enfermeiros. Dois ficaram tão estraçalhados que Tjaden diz que podemos raspá-los da parede da trincheira com uma colher e enterrá-los em uma panelinha. Outro teve a barriga e a perna arrancadas. Está morto de bruços na trincheira, o rosto amarelo-limão, entre a barba cheia e o cigarro ainda fumegante, que fica incandescente até se apagar nos lábios com um chiado.

Por ora, deixamos os mortos em uma grande vala. Até o momento, estão em três camadas, uns sobre os outros.

De repente, o fogo recomeça. Logo, estamos de novo sentados na tensa rigidez da espera ociosa.

Ataque, contra-ataque, ofensiva, contraofensiva – palavras, mas o que elas abarcam! Estamos perdendo muita gente, principalmente recrutas. Substitutos serão enviados novamente para o nosso setor. É um dos novos regimentos, quase todos são jovens convocados dos últimos anos. Quase não têm treinamento, só puderam aprender um pouco de teoria antes de partir para o campo de batalha. Sabem o que é uma granada de mão, mas têm pouca noção de cobertura, sobretudo não sabem como fazer isso. Uma saliência no solo precisa ter meio metro de altura para conseguirem vê-la.

Embora precisemos muito de reforços, os recrutas representam para nós mais trabalho do que propriamente ajuda. Ficam indefesos naquela área de ataque pesado e caem como moscas. A batalha por posições que é travada hoje em dia requer conhecimento e experiência, é preciso entender o terreno, ser capaz de ouvir os projéteis, seus sons e efeitos, saber prever onde vão cair, como vão se espalhar e como se proteger.

Claro, esses jovens substitutos não sabem quase nada disso tudo. Estão exaustos, porque mal conseguem distinguir um estilhaço de uma granada; vidas são ceifadas porque eles ouvem, cheios de ansiedade, o uivo das grandes e inofensivas latas de carvão batendo na retaguarda e não conseguem escutar o assobio e o zumbido suave das pequenas feras que se espalham rente ao chão. Amontoam-se como ovelhas em vez de correr em disparada, e até os feridos são abatidos como lebres pelos aviões.

Os rostos pálidos como nabo, as tristes mãos crispadas, a bravura lamentável desses pobres coitados que seguem em frente e atacam mesmo assim, esses pobres coitados e valentes que estão tão assustados que não ousam gritar, e choramingam baixinho chamando a mãe com peito e barriga, braços e pernas estraçalhados, e se calam assim que olhamos para eles!

Seus rostos mortos, magros e com aquela leve penugem têm a horrível inexpressividade das crianças mortas.

Vê-los saltar, correr e cair dá um nó na garganta. Queremos espancá-los por serem tão imbecis, pegá-los e levá-los para longe daqui; este é um lugar ao qual não pertencem. Envergam os casacos, calças e botas cinza, mas, para a maioria, os uniformes são grandes demais, ficam largos; eles têm os ombros estreitos demais, os corpos pequenos demais, e não havia uniformes de tamanho infantil.

Para cada veterano caído, morrem de cinco a dez recrutas. Um ataque surpresa de gás derruba muitos deles. Nem sequer chegaram a suspeitar o que os aguardava. Encontramos um abrigo cheio de rostos azulados e lábios pretos. Em uma trincheira, tiraram as máscaras cedo demais; não sabiam que o gás perdura na altura do solo; vendo outros sem máscaras lá em cima, arrancaram as suas e inalaram gás suficiente para queimar seus pulmões. Sua condição é desesperadora, sufocam com hemorragias e asfixiam até a morte.

De repente, em uma parte da trincheira, me vejo diante de Himmelstoss. Estamos escondidos no mesmo abrigo. Arfando, todos ficamos lado a lado e esperamos até que o ataque comece.

Embora eu esteja muito agitado, o seguinte pensamento ainda passa pela minha cabeça enquanto saio em disparada: "Não estou vendo mais Himmelstoss". Rapidamente pulo de volta para o abrigo e o encontro deitado no canto com um leve tiro de raspão, fingindo estar ferido. Pelo seu rosto, parece que tomou uma sova. Está apavorado, pois também é novo aqui. Porém, me enfurece que os jovens reforços estejam lá fora e ele esteja deitado.

– Para fora! – rosno.

Ele não se mexe, seus lábios e seu bigode tremem.

– Para fora! – repito.

Ele encolhe as pernas, se encosta na parede e mostra os dentes como um vira-lata.

Agarro seu braço e tento erguê-lo. Ele solta um gritinho. É aí que perco a paciência. Pego-o pelo pescoço, sacudindo-o como uma sacola para que sua cabeça balance para frente e para trás, e grito na sua cara:

– Seu patife, você vai sair... seu cachorro valentão, você quer se esconder?

Ele fica vidrado, e eu bato sua cabeça contra a parede:

– Sua mula. – Eu o chuto nas costelas. – Seu porco. – Empurro-o para frente, para a cabeça dele sair do abrigo.

Um novo grupo dos nossos está se aproximando. Um tenente acompanha. Ele nos vê e grita:

– Avançar, avançar, agrupar, agrupar!

E o que minhas pauladas não conseguiram fazer, essas palavras fazem. Himmelstoss ouve o superior, parece acordar e, olhando ao redor, se junta ao grupo.

Eu sigo-o e o vejo saltitar. Ele volta a ser o vigoroso Himmelstoss do pátio do quartel, a ponto de alcançar o tenente e ficar bem à frente...

Fogo cerrado, fogo de barragem, cortina de fogo, minas, gás, tanques, metralhadoras, granadas de mão – palavras, palavras, mas elas abrangem o horror do mundo.

Nossos rostos estão cobertos por uma crosta, nosso pensamento, devastado, estamos mortos de cansaço; quando o ataque chega, muitos precisam ser esmurrados para que acordem e avancem; os olhos estão vermelhos, as mãos, raladas, os joelhos sangram, os cotovelos estão machucados.

Passam-se semanas, meses... anos? São apenas dias. Vemos o tempo desaparecer ao nosso lado nos rostos sem cor dos moribundos, nos enchemos de comida, corremos, lançamos granadas, atiramos, matamos, nos deitamos, estamos fracos e atordoados, e só o que nos sustenta é o fato de que existem pessoas mais fracas, mais atordoadas, mais indefesas, que nos encaram com olhos arregalados, como deuses que às vezes conseguem escapar da morte.

Nas poucas horas de descanso, nós os ensinamos:

– Olha lá, está vendo aquela bomba girando? É uma mina se aproximando! Fique deitado, ela vai cair mais adiante. Mas se vier para cá, então saia em disparada! É possível fugir dela.

Aguçamos os ouvidos deles para o zumbido insidioso dos pequenos projéteis que mal se percebem, precisam reconhecê-los em meio à barulheira como o zumbido de mosquitos; ensinamos a eles que são mais perigosos que os grandes que ouvimos muito antes. Mostramos a eles como se esconder de aviões, como se fingir de morto quando assolados pelas tropas de assalto, como acionar granadas de mão para que detonem meio segundo antes do impacto, como cair em trincheiras rapidamente diante de granadas com detonadores de impacto, demonstramos como destruir uma vala com um feixe de granadas, explicamos a diferença na duração da deflagração entre as granadas inimigas e as nossas, alertamos quanto ao som de granadas de gás e lhes mostramos os truques que podem salvá-los da morte. Eles ouvem, são obedientes, mas, quando a batalha recomeça, em geral ficam agitados e voltam a errar.

Haie Westhus é trazido com as costas dilaceradas; a cada respiração, o pulmão pulsa através da ferida. Ainda consigo apertar sua mão:

– Acabou, Paul – ele geme e morde o braço de dor.

Vemos pessoas andando sem cabeça; soldados correndo com os dois pés arrancados; tropeçam nos cotos lascados até o próximo buraco; um soldado rasteja dois quilômetros puxando o corpo com as mãos, arrastando os joelhos destroçados; outro chega ao posto de primeiros socorros segurando nas mãos os próprios intestinos inchados; vemos pessoas sem boca, sem maxilar inferior, sem rosto; encontramos alguém que prende a artéria do braço com os dentes por duas horas para não sangrar até a morte; o sol cai, a noite chega, as granadas zumbem, a vida acaba.

Mas o pedaço de terra revirada onde nos deitamos é mantido, apesar dessa força superior, e apenas algumas centenas de metros foram entregues. No entanto, para cada metro, há uma morte.

Somos substituídos. As rodas dos caminhões nos levam para longe, ficamos ali, atordoados, e quando o grito de "Atenção. Fio!" chega, nós nos ajoelhamos. Era verão quando passamos por aqui, as árvores ainda estavam verdes, agora já parecem outonais, e a noite está cinza e úmida. As carroças param, descemos, uma pilha desordenada, um resquício de muitos nomes. Nas laterais escuras, pessoas gritam os números dos regimentos e das companhias. E a cada chamada um pequeno grupo se separa, um pequeno grupo de soldados sujos e pálidos, um grupo terrivelmente pequeno e um remanescente terrivelmente pequeno.

Agora alguém chama o número da nossa companhia, quer dizer, é o que se ouve do comandante da companhia; então ele escapou, seu braço está numa tipoia. Vamos até ele, e reconheço Kat e Albert, ficamos juntos, apoiados uns nos outros, nos olhando.

E várias vezes ouvimos nosso número ser chamado. Ele pode chamar por muito tempo: ninguém o ouve nos hospitais e nas trincheiras.

De novo:

– Segunda companhia, aqui!

E depois, mais baixo:

– Ninguém mais da segunda companhia? – ele fica calado, e sua voz é um pouco rouca quando pergunta: – Estão todos aqui? – e ordena: – Contagem!

A manhã está cinzenta, ainda era verão quando saímos e éramos 150 homens. Agora, estamos congelando, é outono, as folhas estão farfalhando, as vozes tremulam cansadas:

– Um, dois, três, quatro…

E, no número 32, calam-se. Há um longo silêncio antes que a voz pergunte:

– Mais alguém? – ele espera e, então, diz em voz baixa: – Agrupar. – Ainda se interrompe, e só com dificuldade consegue terminar: – Segunda companhia… Segunda companhia, marchar!

Uma fileira – curta – avança com hesitação pela manhã. Trinta e dois homens.

7

Recuamos mais que o normal, até um depósito de recrutas, onde seremos reagrupados. Nossa companhia precisa de mais de cem substitutos.

Enquanto isso, ficamos vagando quando não estamos de serviço. Depois de dois dias, Himmelstoss vem até nós. Perdeu a empáfia desde que se viu nas trincheiras. Sugere que façamos as pazes. Estou disposto a isso, porque vi que ele carregou Haie Westhus com as costas dilaceradas. Além disso, como tem falado de forma realmente sensata, deixamos que nos convide para a cantina. Apenas Tjaden fica desconfiado e hesitante.

Mas também se convence, porque Himmelstoss diz que vai substituir o rancheiro que vai sair de férias. Como prova disso, trata de oferecer dois quilos de açúcar para nós e meio quilo de manteiga para Tjaden. Chega até a garantir que nos mandem para a cozinha para descascar batatas e nabos pelos próximos três dias. A comida que nos servem lá é impecável, como a dos oficiais.

Então, no momento, temos as duas coisas que um soldado precisa para ser feliz: boa comida e descanso. Não é muito quando paramos para pensar. Anos antes, teríamos desprezado tudo isso terrivelmente. Agora, estamos quase satisfeitos. A gente se acostuma com tudo, inclusive com as trincheiras.

Esse costume é o motivo por que parecemos esquecer tão facilmente. Anteontem ainda estávamos no meio do fogo, hoje estamos falando besteiras e brincando de lutar, amanhã vamos entrar na vala novamente. Na realidade, não nos esquecemos de nada. Enquanto precisarmos estar aqui no campo de batalha, os dias no front, quando já tiverem passado, afundarão dentro de nós como pedras, porque são muito pesados para se pensar neles imediatamente. Se o fizéssemos, eles nos matariam mais tarde. Já notei isso sobremaneira: é possível suportar o horror, contanto que simplesmente se desvie dele, porém é fatal quando pensamos nele.

Exatamente da forma como nos tornamos bichos ao avançar, pois é a única coisa que nos faz aguentar, ao descansar nos tornamos bufões rasos e dorminhocos. Não podemos evitar, é realmente uma compulsão. Queremos viver a todo custo, pois não podemos nos sobrecarregar com sentimentos que seriam potencialmente decorativos em tempos de paz, mas que soam deslocados aqui. Kemmerich está morto, Haie Westhus está morrendo, no dia do Juízo Final terão uma trabalheira danada para reconstituir o corpo de Hans Kramer, Martens não tem mais pernas, Meyer está morto, Marx está morto, Beyer está morto, Hämmerling está morto, 120 homens jazem alvejados em algum lugar, é uma desgraça, mas o que nos importa é que estamos vivos. Se pudéssemos salvá-los, bem, então nos arriscaríamos, não importa se nós mesmos morrêssemos, partiríamos para a missão, pois somos de uma teimosia desgraçada quando queremos; não conhecemos muito o medo... o medo da morte, sim, mas isso é outra coisa: é físico.

Mas nossos camaradas estão mortos, não podemos ajudá-los, estão em paz – quem sabe o que ainda está por vir; queremos deitar e dormir ou comer o quanto pudermos, e beber e fumar para que as horas não sejam desperdiçadas. A vida é curta.

O horror do front desaparece quando lhe damos as costas, o enfrentamos com piadas maldosas e sombrias; quando alguém morre, diz-se que ele ralou o cu, e é assim que falamos de tudo, isso nos salva de enlouquecer; contanto que aceitemos as coisas como são, conseguimos resistir.

Mas não esquecemos! O que os jornais de guerra publicam sobre o moral elevado das tropas, que organizam bailinhos quando mal voltaram do fogo cruzado, é um completo absurdo. Não fazemos isso porque temos moral elevado; temos esse moral porque, do contrário, entraríamos em colapso. De qualquer forma, o cofre não vai permanecer cheio por muito mais tempo, o moral é mais amargo a cada mês.

E eu sei: tudo o que afunda em nós como pedra enquanto estamos em guerra só virá à tona de novo depois da guerra, e só então a luta de vida ou morte começará.

Voltarão os dias, as semanas, os anos que passamos aqui, e nossos camaradas mortos se levantarão e marcharão conosco, nossas mentes ficarão claras, teremos um objetivo e assim marcharemos, nossos camaradas mortos ao nosso lado, e os anos do front ficam para trás: contra quem, contra quem?

Houve um teatro aqui no front um tempo atrás. Os cartazes coloridos das apresentações ainda estão colados em uma parede de madeira. Kropp e eu paramos diante dela com olhos arregalados. Não conseguimos compreender como ainda existe uma coisa dessas. O cartaz estampa uma garota em um vestido leve de verão com um cinto de couro vermelho nos quadris. Está apoiada em uma grade com uma das mãos e segurando um chapéu de palha com a outra. Usa meias brancas e sapatos brancos, sapatos delicados de salto alto. O mar azul brilha atrás dela com cristas de ondas, uma baía se estende na lateral. É uma garota adorável de verdade, com nariz estreito, lábios vermelhos e pernas compridas, incrivelmente limpa e bem-cuidada, certamente toma banho duas vezes por dia e nunca tem sujeira embaixo das unhas. No máximo, talvez, um pouco de areia da praia.

Ao lado dela está um homem de calça branca, jaqueta azul e boné de marinheiro, mas ficamos muito menos interessados nele.

A garota do cartaz é um milagre para nós. Tínhamos esquecido completamente que tal coisa existe e, mesmo agora, mal conseguimos acreditar em nossos olhos. De qualquer forma, faz anos que não vemos nada parecido, nada nem remotamente parecido em termos de serenidade, beleza e felicidade. São os tempos de paz, é assim que tem que ser, é isso o que pensamos, emocionados.

– Basta olhar para aqueles sapatos leves, ela não conseguiria marchar um quilômetro com eles – digo eu, me sentindo bem imbecil, porque é bobagem pensar em marchar com uma foto dessas.

– Quantos anos será que ela tem? – pergunta Kropp.

Tento imaginar:

– No máximo, 22, Albert.

– Então talvez seja mais velha que nós. Não tem mais de dezessete anos, estou te dizendo!

Sentimos um arrepio.

– Albert, é uma coisa e tanto, não acha?

Ele concorda com a cabeça:

– Eu tenho calças brancas em casa também.

– Calças brancas – eu digo –, mas uma garota dessas...

Olhamos um para o outro. Não há muito para ser descoberto ali, cada um com um uniforme desbotado, remendado e sujo. É inútil comparar.

Então, para começar, rasgamos o rapaz de calça branca do cartaz, com cuidado para não danificar a garota. Já é alguma coisa. Então, Kropp sugere:

– Poderíamos tirar nossos piolhos.

Não estou totalmente de acordo, porque aquelas coisas vão perecer, e os piolhos voltam em duas horas. No entanto, depois de fitar mais uma vez o cartaz, eu concordo. Vou ainda mais longe.

– É melhor ver se não conseguimos uma camisa limpa...

Por alguma razão, Albert diz:

– Ataduras para os pés seriam ainda melhores.

– Talvez ataduras para os pés também. Vamos ter que negociar um pouco.

Mas, então, Leer e Tjaden passam caminhando; eles veem o cartaz e, em pouco tempo, a conversa fica obscena demais. Leer foi o primeiro da nossa turma que teve um caso e compartilhou detalhes emocionantes sobre ele. Do jeito dele, fica entusiasmado com a imagem, e Tjaden concorda totalmente.

Aquilo não exatamente nos enoja. Quem não fala obscenidades não é soldado; só que não estamos nesse clima no momento, então, nos afastamos e marchamos em direção ao posto de desinfecção como quem vai a uma boa loja de roupas masculinas.

As casas onde estamos alojados ficam perto do canal. Além do canal, há lagoas cercadas por bosques de choupos; lá também ficam as mulheres.

As casas vizinhas às nossas foram evacuadas. Do outro lado, no entanto, ainda se pode ver os moradores de vez em quando.

À noite, nadamos. Três mulheres estão caminhando ao longo da margem. Andam devagar e não desviam o olhar, embora não estejamos de roupas de banho.

Leer chama as moças. Elas riem e param para nos observar. Lançamos frases aleatórias em um francês ruim, todas confusas, apressadamente, para evitar que elas desapareçam. Não são exatamente das melhores, mas onde mais conseguiríamos outras? Uma delas é magra e morena. É possível ver seus dentes brilhando quando ela ri. Tem movimentos rápidos, a saia se balança em torno de suas pernas. Embora a água esteja fria, estamos muito animados e ansiosos para convencê-las a ficar. Tentamos piadas, e elas respondem, mas não as compreendemos, apenas rimos e acenamos. Tjaden é mais razoável. Ele corre para dentro de casa, busca um filão de pão e o ergue.

Isso surte um grande efeito. Elas meneiam a cabeça e gesticulam para que nos aproximemos. Mas não podemos. É proibido adentrar a margem oposta. Em todos os lugares há sentinelas nas pontes. Nada pode ser feito sem uma licença. Por isso, indicamos a elas que deveriam vir até nós, mas elas balançam a cabeça e apontam para as pontes. Também não vão deixá-las passar.

Elas dão meia-volta, caminham devagar pelo canal, sempre ao longo da margem. Nós as acompanhamos a nado. Depois de algumas centenas de metros, elas viram a rua e apontam para uma casa que espreita por entre árvores e arbustos. Leer pergunta se elas moram lá.

Elas riem – sim, ali é a casa delas.

Gritamos para elas que queremos ir até lá quando os guardas não puderem nos ver. À noite. Esta noite.

Elas erguem as mãos, juntam-nas, encostam o rosto nelas e fecham os olhos. Entenderam. A magrinha morena faz passos de dança. Uma loira gorjeia:

– Pão... bom...

Confirmamos de forma ansiosa que vamos levar o pão. Também outras coisas bonitas, reviramos os olhos e as mostramos com gestos. Leer quase se afoga ao tentar esclarecer que é "um pedaço de salsicha". Se fosse necessário, prometeríamos a elas um depósito de provisões inteiro. Elas caminham e muitas vezes se viram. Subimos na margem do nosso lado para conferir se elas entram na casa, porque podem estar mentindo. Então, nadamos de volta.

Ninguém pode atravessar a ponte sem licença, por isso à noite vamos atravessar a nado. A excitação nos domina e não nos abandona. Não aguentamos nossa agitação e vamos à cantina. Há cerveja e um tipo de ponche por lá agora.

Bebemos ponche e mentimos para nós mesmos sobre experiências fantásticas. Todo mundo gosta de acreditar no outro e aguarda com impaciência para se gabar ainda mais. Nossas mãos ficam inquietas, baforamos incontáveis cigarros, até que Kropp diz:

– Na verdade, poderíamos levar alguns cigarros para elas – então nós os guardamos em nossos bonés.

O céu fica verde como uma maçã que ainda não amadureceu. Somos quatro, mas apenas três podem ir; então temos que nos livrar de Tjaden e fazer com que ele beba rum e ponche até tombar. Quando escurece, vamos para o alojamento, carregando Tjaden entre nós. Estamos animados e sedentos por aventura. Para mim, a morena magra, assim distribuímos e concordamos.

Tjaden se deixa cair em seu catre e ronca. Uma hora ele acorda e sorri para nós de um jeito tão malicioso que nos assustamos e achamos que ele trapaceou e que o ponche que lhe demos foi em vão. Então, ele tomba para trás e volta a dormir.

Cada um de nós três pega um filão inteiro de pão e o embrulha em jornal. Embalamos os cigarros também, além de três boas porções de salsicha de fígado que recebemos esta noite. É um presente decente.

Por ora, enfiamos as coisas em nossas botas, porque temos que levar botas conosco para não pisarmos em fios e estilhaços na outra margem. Como precisamos nadar primeiro, não podemos levar roupas. Mas está escuro e não é longe.

Partimos com botas na mão. Deslizamos rapidamente para dentro d'água, avançamos de costas, nadamos e mantemos as botas com o conteúdo sobre a cabeça.

Na outra margem, subimos com cuidado, tiramos os pacotes e calçamos as botas. Colocamos as coisas debaixo do braço. Em seguida, corremos, molhados, nus, só de botas. Logo encontramos a casa. Fica na escuridão, entre arbustos. Leer tropeça em uma raiz e rala os cotovelos.

– Tudo bem – diz ele, alegremente.

Há venezianas diante das janelas. Nós nos esgueiramos pela casa e tentamos espiar pelas frestas. Então ficamos impacientes. De repente, Kropp hesita:

– E se houver um major lá dentro com elas?

– Aí batemos em retirada – sorri Leer –, ele pode ler o número do nosso regimento aqui. – E dá um tapa no traseiro.

A porta da frente está aberta. Nossas botas fazem muito barulho. Outra porta se abre, a luz brilha, uma mulher solta um grito assustado. Dizemos:

– Psiu, psiu... *camarade... bon ami.* – E, implorando, erguemos nossos pacotes.

Agora, também dá para ver as outras duas, a porta se abre totalmente, e a luz brilha sobre nós. Somos reconhecidos, e as três riem incontrolavelmente dos nossos trajes. Dão tanta risada que se curvam e se seguram no batente da porta. Como se movimentam com suavidade!

– *Un moment.*

Elas desaparecem e nos jogam peças de roupas, com que nos enrolamos às pressas. Então, temos permissão para entrar. Uma lampadinha está acesa no cômodo, está quente e cheira um pouco a perfume. Pegamos nossos pacotes e os entregamos a elas. Seus olhos brilham, dá para ver que estão com fome.

Então todos ficamos envergonhados. Leer faz o gesto de comer. A animação volta, elas buscam pratos e facas e atacam os alimentos. Antes de comer cada fatia de salsicha, elas primeiro erguem o pedaço com admiração, e nos sentimos orgulhosos.

Elas soltam uma avalanche de palavras sobre nós – não entendemos muito, mas entendemos que são palavras gentis. Talvez pareçamos muito jovens também. A morena magra acaricia meu cabelo e diz o que todas as francesas sempre dizem:

– *La guerre... grand malheur... pauvres garçons...*

Seguro seu braço e dou um beijo na palma de sua mão. Os dedos envolvem meu rosto. Os olhos excitantes, o moreno suave da pele e os lábios vermelhos estão bem perto de mim. A boca fala palavras que não entendo. Também não entendo muito bem os olhos, eles dizem mais do que esperávamos quando chegamos aqui.

Há quartos ao lado. Enquanto caminho na direção de um deles, vejo Leer, cheio de gracinhas e risadas com a loira. Ele também sabe das coisas. Mas eu... estou perdido em algo distante, quieto e impetuoso, e me deixo levar. Meus desejos são uma estranha mistura de saudade e perdição. Estou ficando tonto, não há nada aqui onde se segurar. Deixamos nossas botas na frente da porta; em troca, nos deram pantufas, e agora não há mais nada que me lembre a segurança e a insolência do soldado: sem rifle, sem cinto, sem casacão, sem capacete. Lanço-me ao desconhecido, aconteça o que acontecer, pois, apesar de tudo, tenho um pouco de medo.

A morena magra mexe as sobrancelhas ao pensar; mas quando ela fala, as sobrancelhas param. Às vezes o som não chega a se tornar uma palavra e é abafado ou paira sobre mim pela metade; um arco, uma órbita, um cometa. O que eu sabia sobre isso – o que sei sobre isso? As palavras dessa língua estrangeira, da qual não entendo quase nada, me embalam para dormir em um silêncio em que o quarto se torna um borrão marrom e meio brilhante, e apenas o rosto acima de mim está vivo e claro.

Como é diferente um rosto que era estranho apenas uma hora antes e agora se inclina para uma ternura que não vem de si, mas da noite, do mundo e do sangue que parecem irradiar juntos dele. As coisas no quarto são tocadas e transformadas por esse rosto, parecem especiais, e quase fico maravilhado com minha pele clara quando o brilho da lâmpada incide sobre ela e a mão fria e morena a acaricia.

Como tudo isso é diferente dos bordéis das companhias, para os quais temos permissão e onde há uma fila longa. Não quis pensar neles, mas involuntariamente passam pela minha cabeça, e eu me assusto, pois talvez nunca ninguém consiga se livrar da lembrança deles.

Mas, então, sinto os lábios da morena magra e me embrenho neles, fecho os olhos e gostaria de apagar tudo, a guerra e o horror e a mesquinhez, para acordar jovem e feliz; penso na foto da garota no cartaz e, por um momento, acredito que minha vida depende de eu conquistá-la. E quanto mais eu me entregar àqueles braços que me cingem, maior a chance de um milagre acontecer.

De alguma forma, todos nós nos reencontramos depois. Leer está muito jovial. Despedimo-nos calorosamente e calçamos as botas. O ar da noite esfria nossos corpos quentes. Os choupos elevam-se na escuridão e farfalham. A lua está no céu e na água do canal. Não corremos, caminhamos lado a lado a passadas largas.

Leer diz:

– Valeu um filão inteiro!

Não consigo me decidir a falar, nem estou feliz.

Então ouvimos passos e nos escondemos atrás de um arbusto. Os ruídos aproximam-se, passam bem rente a nós. Vemos um soldado nu, com botas como nós, com um pacote debaixo do braço e correndo. É Tjaden, passando em disparada. Logo ele desaparece. Nós rimos. Amanhã ele vai brigar conosco. Sem sermos percebidos, chegamos aos nossos colchões de palha.

Sou chamado à secretaria. O comandante da companhia me dá minha licença de férias e uma passagem e me deseja boa viagem. Verifico quantos dias de férias eu tenho. Dezessete – catorze são férias, três de viagem. Não é o bastante, e pergunto se não posso receber cinco dias de viagem. Bertinck aponta para o meu bilhete. Foi quando vi que não voltaria logo para o front. Ainda precisava me inscrever para o curso no acampamento em Landes, as terras dos pântanos, depois das férias.

Os outros invejam-me. Kat me dá bons conselhos sobre como escapar do serviço militar.

– Se for esperto, você fica por lá mesmo.

Na verdade, eu teria preferido partir só daqui a oito dias, pois é o tempo que ainda podemos ficar aqui, e aqui está ótimo…

Claro que preciso pagar umas rodadas na cantina. Ficamos todos um pouco bêbados. Fico triste; ficarei semanas fora, o que é uma grande sorte, claro, mas como será quando eu voltar? Será que vou reencontrar a todos? Haie e Kemmerich já se foram – quem será o próximo?

Bebemos, e eu encaro um de cada vez. Albert senta-se ao meu lado e fuma, está animado, sempre estivemos juntos. Em frente, Kat está com os ombros caídos, os dedos largos e a voz calma; Müller, com os dentes grandes e a risada escandalosa; Tjaden com olhos de rato; Leer, que deixa a barba crescer e parece ter quarenta anos.

Uma fumaça espessa paira no ar. O que seria do soldado sem o tabaco! A cantina é um refúgio, a cerveja é mais que uma bebida, é um sinal de que é seguro esticar e dobrar pernas e braços. E fazemos isso com capricho, esticamos as pernas e cuspimos confortavelmente no chão, e há apenas um jeito de fazê-lo. Como tudo isso fica evidente quando se vai embora no dia seguinte!

À noite, vamos mais uma vez para o outro lado do canal. Estou quase com medo de dizer à morena magra que vou embora e que, quando voltar, com certeza estaremos em algum lugar mais longe, ou seja, não nos veremos de novo. Mas ela apenas balança a cabeça e não deixa transparecer o que está sentindo. Realmente não consigo entender no começo, mas depois sim. Leer tem razão: se eu tivesse ido para o front, teria sido um "*pauvre garçon*" de novo; mas elas não querem saber muito sobre quem está saindo de férias, não é tão interessante. Que vão para o inferno com seus murmúrios e suas tagarelices. A gente acredita em milagres e, no final das contas, é só o filão de pão.

Na manhã seguinte, depois de tirarem os piolhos de mim, marcho para a ferrovia. Albert e Kat acompanham-me. Na estação, ouvimos que provavelmente a partida será em algumas horas. Os dois precisam voltar ao serviço. Por isso, nos despedimos.

– Se cuida, Kat, se cuida, Albert.

Eles se afastam e acenam mais algumas vezes. Suas figuras ficam cada vez menores. Cada passo, cada movimento deles me é familiar, eu os reconheceria de longe. Então, eles desaparecem.

Sento-me na minha mochila e aguardo.

De repente, fico cheio de uma impaciência furiosa e quero ir embora.

Paro em muitas estações; fico diante de muitas panelas de sopa; me empoleiro em muitos bancos de madeira; mas, então, a paisagem lá fora se torna opressiva, perturbadora e familiar. Desliza pelas janelas no entardecer, com aldeias em que telhados de colmo se estendem como capacetes enterrados sobre casas enxaimel caiadas, com campos de milho que brilham como madrepérola à luz oblíqua, com pomares, celeiros e velhas tílias.

Os nomes das estações viram nomes que fazem meu coração trepidar. O trem chacoalha, eu fico na janela e me seguro nos caixilhos de madeira. Esses nomes definem minha juventude.

Prados planos, campos, pátios; uma parelha de cavalos se arrasta solitária contra o céu ao longo do caminho que corre paralelo ao horizonte. Passamos por uma cancela, diante da qual aguardam camponeses, meninas acenando, crianças brincando no aterro ferroviário, estradas que levam ao interior, caminhos vazios, sem artilharia.

Chega a noite, e, se o trem não estivesse sacudindo, eu teria vontade de gritar. A planície desdobra-se grandiosa, em um azul tênue, a silhueta dos cumes das montanhas começa a se delinear ao longe. Reconheço a linha característica do monte Dolben, esse perfil recortado que se rompe de repente, onde terminam as copas das árvores da floresta. A cidade vem logo adiante.

Mas agora a luz vermelho-dourada flui sobre o mundo, indistinta, o trem chacoalha por uma curva, por outra, e, irreais, espalhados, escuros estão os choupos, distantes, um após o outro em uma longa fila, formada por sombra, luz e saudade.

O campo roda com eles lentamente, o trem os circunda, os espaços entre os choupos se estreitam, viram um bloco e, por um momento, vejo apenas um; então, os outros chegam atrás dos primeiros e ficam muito tempo sozinhos com o céu ao fundo até serem escondidos pelas primeiras casas.

Uma passagem de nível. Fico em pé à janela, não consigo me afastar. Os outros se preparam para o desembarque. Digo a mim mesmo o nome da rua que atravessamos, Bremer Strasse... Bremer Strasse...

Ciclistas, carroças, pessoas estão lá embaixo; é uma rua cinza e uma passagem subterrânea cinza; ela me agarra como se fosse minha mãe.

Então o trem para, e a estação está lá, repleta de barulho, gritos e placas. Arrumo minha mochila, coloco-a nas costas, pego meu fuzil e desço os degraus aos tropeções.

Olho ao redor na plataforma; não conheço nenhuma das pessoas que correm para lá e para cá. Uma enfermeira da Cruz Vermelha me oferece algo para beber. Eu me viro, ela sorri para mim, ingênua demais, tão imbuída de sua importância: "Vejam só, estou dando café a um soldado". Ela fala "camarada" para mim – era só o que me faltava. Lá fora, diante da estação de trem, o rio corre ao longo da rua, silvando branco nas eclusas da ponte do moinho. A torre quadrada de vigia fica ao lado dele e, na frente do rio, a grande tília colorida; atrás dela, a noite.

Sentamo-nos aqui muitas vezes – há quanto tempo foi isso? –, atravessamos esta ponte e inalamos o cheiro úmido e pútrido da água represada; nos debruçamos sobre a calma corrente deste lado da eclusa, onde trepadeiras verdes e algas marinhas pendiam dos pilares da ponte; e, nos dias de calor, para além da eclusa, ficávamos felizes com a espuma que espirrava e conversávamos sobre os nossos professores.

Atravesso a ponte, olho para a direita e para a esquerda; a água ainda está cheia de algas e ainda cai em um arco cristalino; na torre, as passadeiras ficam, como antigamente, com os braços nus diante das roupas brancas, e o calor dos ferros de engomar sai em jorros pelas janelas abertas. Cães trotam pela rua estreita, pessoas estão na frente das casas e me observam enquanto eu passo, sujo e carregado.

Nesta confeitaria, tomávamos sorvete e treinávamos como fumar cigarros. Conheço todos os locais desta rua: a mercearia, a farmácia, a padaria. E então chego diante da porta marrom com maçaneta gasta e minha mão fica pesada.

Eu a abro; um frescor me atinge de um jeito maravilhoso e faz meus olhos vacilarem.

As escadas rangem sob minhas botas. Uma porta bate no andar de cima, alguém olha por cima do parapeito. A porta da cozinha foi aberta, estão assando bolinhos de batata, o cheiro enche a casa, hoje é sábado, e minha irmã deve estar olhando pela janela. Sinto vergonha por um momento e abaixo a cabeça, depois tiro o capacete e olho para cima. Sim, é minha irmã mais velha.

– Paul! – ela grita. – Paul!

Aceno com a cabeça, minha mochila bate no corrimão, meu rifle é tão pesado.

Ela escancara a porta e grita:

– Mãe, mãe, Paul está aqui.

Não consigo mais avançar.

– Mãe, mãe, Paul está aqui.

Eu me apoio contra a parede e agarro meu capacete e meu rifle. Eu os abraço o mais forte que posso, mas não consigo dar mais um passo, as escadas ficam borradas diante dos meus olhos, bato a coronha do rifle nos pés e cerro os dentes com força, mas não consigo resistir a uma palavra que minha irmã gritou, não há nada que eu possa fazer, estou lutando para rir e falar, mas não consigo dizer uma palavra, por isso fico de pé na escada, infeliz, indefeso, com uma cãibra terrível, e não quero, mas lágrimas escorrem pelo meu rosto.

Minha irmã volta e pergunta:

– O que aconteceu?

Então me recomponho e tropeço até a entrada. Encosto meu fuzil em um canto, deixo minha mochila contra a parede e meu capacete em cima dela. O cinturão cheio de coisas penduradas se junta a eles. Então falo com raiva:

– Me dê um lenço logo!

Ela me entrega um lenço do armário, e eu enxugo meu rosto. Acima de mim na parede está a caixa de vidro com borboletas coloridas que eu colecionava antigamente.

Então ouço a voz da minha mãe. Vem do quarto.

– Ela não se levantou ainda? – pergunto à minha irmã.

– Está doente – responde ela.

Vou até ela, aperto sua mão e digo o mais calmamente possível:

– Estou aqui, mãe.

Ela está deitada, na penumbra. Então, enquanto me examina com os olhos, pergunta com ansiedade:

– Você está ferido?

– Não, estou de férias.

Minha mãe parece muito pálida. Tenho medo de acender a luz.

– Estou aqui deitada, chorando – diz ela –, em vez de ficar feliz.

– Você está doente, mãe? – pergunto.

– Vou me levantar um pouco hoje – diz ela e se vira para minha irmã, que vem e volta à cozinha o tempo todo, para que a comida não queime. – Abra o pote de mirtilo em conserva também... é isso que você gosta de comer? – ela me pergunta.

– Sim, mãe, faz tempo que não como.

– É como se soubéssemos que você viria – ri minha irmã –, sua comida favorita, bolinho de batata, e agora até mirtilos.

– E além disso é sábado – comento.

– Sente-se aqui comigo – diz minha mãe.

Ela me observa. Suas mãos parecem tão brancas, adoentadas e magras sobre as minhas. Falamos apenas algumas palavras, e fico grato a ela por não perguntar nada. O que deveria dizer? Tudo o que era possível querer aconteceu. Saí ileso e estou sentado ao lado dela. E minha irmã está na cozinha, preparando o jantar e cantando.

– Meu menino querido – diz minha mãe, baixinho.

Nunca fomos muito afetuosos na família, não é comum entre pessoas pobres que precisam trabalhar muito e têm preocupações. Não entendem as coisas dessa forma, não gostam de reafirmar algo que já sabem. Quando minha mãe diz "menino querido" para mim, significa a mesma coisa que outra pessoa falando sabe-se lá o quê. Sei com certeza que o pote de mirtilo é o único que ela conseguiu em meses e que o guardou para mim, assim como os biscoitos com gosto rançoso que está me dando agora. Deve tê-los ganhado em alguma ocasião favorável e imediatamente os guardou para mim.

Estou sentado ao lado da cama e, pela janela, cintilam os castanheiros marrons e dourados do jardim da pousada em frente. Respiro fundo bem devagar e digo a mim mesmo: "Você está em casa, você está em casa". Mas um constrangimento não quer me abandonar, ainda não consigo me acomodar. Aqui estão minha mãe, minha irmã, minha caixa de borboletas e o piano de mogno, mas ainda não estou totalmente aqui. Ainda existe um véu, um passo de distância.

Por isso busco minha mochila, levo-a até a cama e tiro dela o que trouxe: um queijo Edam inteiro que Kat me deu, dois pães, 350 gramas de manteiga, duas latas de salsicha de fígado, meio quilo de banha e um saquinho de arroz.

– Tenho certeza de que vocês podem usar isso...

Elas confirmam com a cabeça.

– Está difícil conseguir as coisas por aqui? – pergunto.

– Sim, estão escassas. Vocês têm o bastante por lá?

Sorrio e aponto para as coisas que trouxe:

– Nem sempre temos tanto, mas dá para o gasto.

Erna leva os alimentos. De repente, minha mãe agarra minha mão com força e pergunta, hesitante:

– Estava muito ruim lá, Paul?

Mãe, como devo responder? Você não vai entender, nunca terá a dimensão do que é. Nunca vai compreender também. Você pergunta se foi ruim. Você, mãe. Balanço a cabeça e digo:

– Não, mãe, nem tanto. Somos muitas pessoas, por isso não é tão ruim.

– Sim, mas Heinrich Bredemeyer esteve aqui faz pouco tempo e contou que estava horrível lá agora, com o gás e tudo o mais.

É minha mãe que diz: com o gás e tudo o mais. Ela não sabe do que está falando, só tem medo por mim. Devo lhe contar que uma vez encontramos três trincheiras inimigas, onde todos estavam paralisados em sua posição, como se tivessem sido atingidos? Nos parapeitos, nas trincheiras, onde quer que estivessem, pessoas em pé e deitadas, com o rosto azul, mortas.

– Ai, mãe, as pessoas falam demais – respondo. – Bredemeyer só fala coisas assim. Como pode ver, estou saudável e parrudo...

Reencontro minha paz na preocupação trêmula de minha mãe. Agora posso andar e falar e me justificar sem medo de ter que me encostar na parede de repente porque o mundo está derretendo como borracha e minhas veias estão frágeis como gravetos.

Minha mãe quer se levantar; vou até minha irmã na cozinha.

– O que há de errado com ela? – pergunto.

Minha irmã dá de ombros:

– Está deitada faz alguns meses, mas não podíamos escrever para você. Vários médicos vieram vê-la. Um disse que provavelmente o câncer voltou.

Vou à junta militar distrital me apresentar. Ando devagar pelas ruas. De vez em quando, alguém para e fala comigo. Não me demoro porque não quero conversar muito.

Quando volto do quartel, uma voz forte me chama. Eu me viro, imerso em pensamentos, e dou de cara com um major. Ele me dá uma bronca:

– Não vai cumprimentar?

– Desculpe, major – digo, confuso –, não vi o senhor.

Ele fala ainda mais alto:

– Não consegue se expressar de forma correta?

Quero dar um tapa na cara dele, mas me controlo, senão minhas férias vão acabar. Recomponho-me e digo:

– Não vi o senhor, major.

– Então preste mais atenção – retruca ele. – Qual o seu nome?

Eu respondo.

Seu rosto vermelho e gordo ainda está indignado.

– Tropa?

Dou as informações, segundo o regulamento. Mas não basta para ele.

– Onde está lotado?

Já farto daquilo, respondo:

– Entre Langemark e Bixschoote.

– Como? – pergunta ele, perplexo.

Explico a ele que cheguei faz uma hora para minha licença, e acho que ele está prestes a me liberar. Mas me equivoco. Ele fica ainda mais nervoso:

– Acha que pode trazer para cá os costumes do front? Aqui não! Graças a Deus, temos ordem por aqui! – ele ordena: – Vinte passos à retaguarda, marche, marche!

Uma raiva abafada cresce dentro de mim. Mas não posso fazer nada, ele pode me prender imediatamente se quiser. Então recuo rápido e me afasto, fazendo uma saudação forte que só desfaço quando estou seis metros atrás dele.

Ele me chama de volta e agora, de um jeito afável, declara que quer pôr a clemência à frente da justiça mais uma vez. Mostro-me completamente agradecido.

– Dispensado! – ordena ele.

Dou meia-volta e saio.

Aquilo estragou a noite para mim. Tomo o caminho de casa e jogo o uniforme num canto, o que eu já havia planejado fazer de qualquer forma. Em seguida, pego meu traje civil do guarda-roupa e o visto.

Não me sinto confortável. O terno fica curto e apertado, eu acabei crescendo durante o serviço. A gola e a gravata me causam problemas. Finalmente, minha irmã dá o nó por mim. Como o terno é leve, sinto como se eu estivesse de ceroulas e em mangas de camisa.

Olho-me no espelho. É uma visão estranha. Um rapaz crismado, queimado de sol, um tanto crescido, me encara com espanto.

Minha mãe está feliz por eu usar roupas civis; fico mais familiar para ela. Mas meu pai preferiria que eu vestisse o uniforme, gostaria de me levar nas visitas aos amigos desse jeito.

Mas eu me recuso.

É bom sentar-se tranquilamente em um lugar; por exemplo, no jardim em frente aos castanheiros, perto da pista de boliche. As folhas caem sobre a mesa e no chão, apenas algumas, as primeiras. Tenho um copo de cerveja na minha frente; o exército é onde se aprende a beber. O copo está pela metade, então tenho ainda alguns bons goles frescos, além de poder pedir um segundo e um terceiro, se quiser. Não há chamada nem bombardeios, os filhos do estalajadeiro brincam na pista de boliche, e o cachorro está com a cabeça deitada no meu joelho. O céu está azul, a torre verde da Igreja de Santa Margarida se ergue entre as folhas dos castanheiros.

É bom, e eu adoro. Mas não consigo tolerar as pessoas. A única que não pergunta nada é minha mãe. Mas já é diferente com meu pai. Ele queria que eu lhe contasse algo das trincheiras, tem uma curiosidade que acho tocante e tola, não me sinto mais à vontade com ele. A coisa que ele mais gosta é ouvir histórias. Compreendo que ele não saiba que esse tipo de coisa não possa ser contado, e eu gostaria de lhe fazer um agrado também, mas é um perigo para mim quando transformo esses acontecimentos em palavras, tenho medo de que se tornem gigantescos e fujam do controle. Onde estaríamos se percebêssemos tudo o que estava acontecendo lá no front?

Então me limito a lhe contar algumas coisas engraçadas. Mas ele me pergunta se participei de um combate corpo a corpo. Digo que não e me levanto para sair.

Mas isso não melhora nada. Depois de me assustar algumas vezes na rua porque o rangido dos bondes soa como o uivo das granadas, alguém me dá um tapa no ombro. É meu professor de alemão que me ataca com as perguntas habituais.

– Bem, como está lá no front? Terrível, terrível, não é? Sim, é terrível, mas temos que perseverar. E, no fim das contas, pelo menos lá você come bem, ouvi dizer que você estava com boa aparência, Paul, forte. Com certeza aqui está pior, claro, também dá para entender: sempre o melhor para nossos soldados!

Ele me arrasta até sua mesa de frequentador assíduo. Sou muito bem recebido, um diretor aperta minha mão e pergunta:

– Então, você vem do front? Como está o clima lá? Excelente, excelente, hein?

Explico-lhe que todos querem voltar para casa.

Ele gargalha alto:

– Acredito! Mas primeiro precisam dar uma surra nesses franceses! O senhor fuma? Aqui, acenda um. Garçom, traga uma cerveja para o nosso jovem combatente também.

Infelizmente, peguei o charuto, então tenho que ficar. Todo mundo está transpirando benevolência, e não há nada de errado nisso. Ainda assim, me irrito e fumo o mais rápido que posso. Para retribuir de alguma forma, tomo o copo de cerveja em um gole. Logo pedem um segundo para mim, as pessoas sabem da dívida que têm com um soldado. Discutem sobre que territórios devemos anexar. O diretor com o relógio em uma corrente de metal quer o máximo possível: toda a Bélgica, as regiões carboníferas da França e grandes extensões da Rússia. Dá razões precisas por que devemos anexá-las e é inflexível, até que os outros finalmente cedem. Então ele se põe a explicar onde o avanço precisa começar na França e, no meio da explanação, se vira para mim:

– Agora, precisam encerrar sua eterna guerra de trincheiras. Acabem com aqueles camaradas, então a paz reinará...

Respondo que, na nossa opinião, um avanço é impossível, pois os inimigos têm muitas reservas. Além disso, a guerra é diferente do que as pessoas pensam.

Com um tom arrogante, ele ignora essa ideia e me prova que não entendo nada.

– Claro, esses são os detalhes – diz ele –, mas é o todo que conta. E o senhor não consegue julgar o todo. Vê apenas sua pequena seção e, portanto, não tem a visão geral. Cumpre seu dever, arrisca sua vida, isso é digno da mais alta honraria... cada um de vocês precisa receber uma Cruz de Ferro... mas, acima de tudo, o front inimigo em Flandres deve ser invadido de cima para baixo.

Ele bufa e limpa a barba:

– Tem que ser invadido completamente, de cima para baixo. E, depois, Paris.

Queria saber como ele imagina essa invasão e viro a terceira cerveja. Imediatamente, ele manda trazer mais uma.

Mas me levanto para partir. Ele enfia mais alguns charutos no meu bolso e me dispensa com um tapinha amigável:

– Tudo de bom! Esperamos em breve ter notícias consistentes de vocês.

Imaginei que minha licença seria de outra maneira. Há um ano, teria sido diferente. Acho que fui eu quem mudei. Existe uma lacuna entre aquela época e agora. Antes, eu não conhecia a guerra, estávamos em setores mais tranquilos. Hoje percebo que, sem saber, fiquei esgotado. Não me vejo mais aqui, é um mundo estranho. Alguns perguntam, outros não, e dá para ver que eles estão orgulhosos; muitas vezes, até dizem, com aquele ar de compreensão, que não é possível falar disso. E o dizem com um ar de superioridade.

Prefiro ficar sozinho, assim ninguém me incomoda. Porque todo mundo sempre volta ao mesmo assunto, como vão as coisas ruins e como vão as coisas boas, um acha assim, o outro, assado, sempre têm pressa nos assuntos que lhes importam. Certamente eu vivia da mesma maneira no passado, mas não consigo mais me conectar com essa realidade.

As pessoas falam demais comigo, têm preocupações, objetivos, desejos que não consigo entender do jeito que entendem. Às vezes, me sento com uma delas no pequeno jardim da pousada e tento fazê-la entender que tudo se resume a isso: ficar ali, sentado, em silêncio. Elas entendem, claro, admitem, concordam, mas só com palavras, só com palavras, é isso... sentem-no, mas apenas pela metade, o que resta do seu ser está em outras coisas, assim que são distribuídas, ninguém sente com todo o seu ser; tampouco eu consigo dizer exatamente o que quero.

Quando vejo as pessoas assim, em seus quartos, em seus escritórios, em suas profissões, sinto uma atração irresistível, gostaria de estar lá também e esquecer a guerra, mas ao mesmo tempo fico imediatamente enojado, pois é tão insignificante, como poderia preencher a vida?; é necessário destruir, como tudo pode ser assim ao passo que agora lá no front estilhaços zunem sobre as crateras, os sinalizadores estão subindo, os feridos são carregados em lonas de barracas até a retaguarda e os camaradas se espremem nas trincheiras! Há outras pessoas aqui, pessoas que eu realmente não entendo, que invejo e desprezo. Acabo pensando em Kat e Albert, em Müller e Tjaden – o que devem estar fazendo? Talvez estejam sentados na cantina ou nadando – logo terão que voltar para o front.

No meu quarto há um sofá de couro marrom atrás da mesa. Sento-me nele.

Presas nas paredes com tachinhas, há muitas fotos que eu costumava recortar de revistas. Entre elas, postais e desenhos de que eu gostava. No canto, há uma pequena salamandra de ferro. Na parede oposta, fica a estante com meus livros.

Morei neste quarto antes de me tornar soldado. Aos poucos, fui comprando os livros com o dinheiro que ganhava dando aulas. Muitos deles são de segunda mão; todos os clássicos, por exemplo, volumes capa dura encadernados em tecido azul, custavam um marco e vinte fênigues. Comprei a coleção toda, porque eu era meticuloso e não confiava nos editores para a curadoria de obras. Por isso, comprava apenas "obras completas". Eu as lia com zelo sincero, mas a maioria delas realmente não me atraía. Preferia outros livros, os mais modernos, que naturalmente também eram bem mais caros. Alguns não adquiri de forma honesta: peguei emprestado e não devolvi, pois não queria me separar deles.

Uma prateleira da estante está cheia de livros escolares. Não foram poupados e estão bem folheados, páginas foram arrancadas, sabe-se lá por quê. Embaixo ficam cadernos, papéis e cartas, desenhos e esboços.

Quero tentar mergulhar naquela época. Ela ainda está no quarto, posso sentir imediatamente, as paredes a guardaram. Minhas mãos estão no espaldar do sofá; agora me acomodo e puxo as pernas para cima, então me aninho confortavelmente no canto, nos braços do sofá. A janelinha está aberta, mostrando a imagem familiar da rua com a torre da igreja ao fundo. Há flores sobre a mesa. Porta-canetas, lápis, uma concha como peso de papel, tinteiro – nada mudou.

Assim também será se eu tiver sorte, quando a guerra acabar e eu voltar para sempre. Também vou me sentar aqui, observar o meu quarto e aguardar.

Fico animado, mas não quero me animar, pois não está certo. Quero sentir aquele arrebatamento tranquilo de novo, aquele desejo intenso e inominável que eu tinha quando ficava diante dos meus livros. O vento da ânsia que subia das lombadas coloridas dos livros precisava me tomar de novo, precisava derreter o bloco de chumbo pesado e morto que jaz em algum lugar dentro de mim e despertar novamente minha impaciência pelo futuro, a alegria empolgante do mundo dos pensamentos; precisa me devolver o ânimo perdido da minha juventude.

Sento-me e aguardo.

Ocorre-me que devo visitar a mãe de Kemmerich; eu também poderia visitar Mittelstaedt, que deve estar no quartel. Olho pela janela: por trás da cena da rua iluminada pelo sol, surge uma silhueta de colinas, tênue e resplandecente, transformando-se em um dia claro de outono, em que me sento ao lado do fogo e como batatas assadas na casca com Kat e Albert.

Mas não quero pensar nisso, afasto essa lembrança. O quarto precisa falar, precisa me agarrar e me carregar, quero sentir que pertenço a este lugar e observá-lo para saber quando for para o front de novo: a guerra afunda e se afoga quando chega a onda da volta para casa; acaba, não nos devora – não tem outro poder sobre nós senão o exterior!

As lombadas dos livros enfileiram-se. Ainda os conheço e lembro de como os organizei. Pergunto-lhe com os olhos: fale comigo, me aceite, me aceite, você, vida pregressa, você, despreocupada, bela, me aceite novamente...

Aguardo, aguardo.

As imagens passam, não se fixam, são apenas sombras e lembranças.

Nada... nada.

Minha ansiedade cresce.

Uma sensação terrível de estranhamento surge de repente em mim. Não consigo encontrar meu caminho de volta, sou excluído; por mais que eu peça e me esforce, nada se movimenta; apático e triste me sento como um condenado, e o passado vira as costas para mim. Ao mesmo tempo, tenho medo de evocá-lo demais, porque não sei o que pode acontecer. Sou um soldado, tenho que me ater a esse papel.

Cansado, me levanto e olho pela janela. Então pego um dos livros e o folheio. Mas eu o guardo e pego outro. Há nele passagens marcadas. Procuro, folheio, pego livros novos. Já há uma pilha ao meu lado. Outras coisas se juntam, mais rapidamente – folhas, cadernos, cartas.

Fico em silêncio diante de tudo. Como num tribunal.

Sem coragem.

Palavras, palavras, palavras – elas não me alcançam.

Devagar, devolvo os livros aos seus lugares. Acabou.

Em silêncio, saio do quarto.

Não desisto ainda. Mesmo assim, não entro mais no meu quarto, me consolo com o fato de que esses dias ainda não precisam ser um fim. Terei tempo para isso depois – mais tarde – em alguns anos. Por ora, vou ao quartel de Mittelstaedt. Ficamos no quarto dele, lá há um clima do qual não gosto, mas com o qual estou acostumado.

Mittelstaedt tem notícias quentinhas que me deixam eletrizado. Ele me diz que Kantorek foi convocado para se juntar à tropa da reserva.

– Imagine – diz ele, aceitando alguns charutos –, eu, vindo do hospital, trombo com ele. Ele estende a manzorra para mim e resmunga: "Olá, Mittelstaedt, como vai?". Eu olho para ele e respondo: "Soldado da reserva Kantorek, amigos, amigos, negócios à parte... você deveria saber disso melhor que ninguém. Posição de sentido quando estiver falando com um superior". Você tinha que ter visto a cara dele! Um cruzamento de pepino em conserva e granada não deflagrada. Hesitante, tentou me bajular de novo. Então dei uma bronca maior ainda. Nesse momento, ele apostou tudo, me perguntando em tom confidencial: "Quer eu facilite para o senhor fazer as provas finais?". Ele queria me lembrar, entende? Então fiquei com raiva e eu que lhe dei uma lembrancinha. "Soldado Kantorek, há dois anos você nos deu um sermão sobre o alistamento na junta militar, incluindo a Joseph Behm, que na verdade não queria se alistar. Morreu três meses antes da convocação. Sem o senhor, teria esperado e vivido um pouco mais. E agora: retire-se. Conversamos mais tarde". Foi fácil para mim ser designado para a companhia dele. A primeira coisa que fiz foi levá-lo ao depósito para providenciar um bom equipamento. Você vai vê-lo em um minuto.

Vamos para o pátio. A companhia entra em formação. Mittelstaedt ordena o descanso e começa a inspeção.

Então vejo Kantorek e tenho que segurar minha gargalhada. Usa uma espécie de casaca de um azul desbotado. Há grandes remendos escuros nas costas e nas mangas. A casaca deve ter pertencido a um gigante. As calças pretas surradas são mais curtas, chegam à metade da panturrilha.

Por outro lado, os sapatos são muito largos, duros como ferro, sapatos antigos com pontas viradas para cima que ainda precisam ser amarrados nas laterais. Para compensar, o boné também é pequeno demais, terrivelmente sujo e miserável. A impressão geral é patética.

Mittelstaedt para diante dele:

– Soldado Kantorek, esse botão está polido? Parece que o senhor nunca vai aprender. Lamentável, Kantorek, lamentável...

Por dentro, eu berro de prazer. Era exatamente assim que Kantorek repreendia Mittelstaedt na escola, com a mesma entonação: "Lamentável, Mittelstaedt, lamentável...".

Mittelstaedt continua sua crítica:

– Olhe para Boettcher, ele é exemplar, o senhor poderia aprender com ele.

Mal consigo acreditar em meus olhos. Boettcher também está lá, o porteiro da nossa escola. E ele é exemplar! Kantorek lança-me um olhar como se quisesse me engolir. Mas me limito a abrir um sorriso inocente para ele, como se não o reconhecesse.

Como ele tem o ar estúpido, com seu bonezinho e seu uniforme! E tínhamos um medo mortal dele, quando ele se sentava à sua mesa e nos espetava com um lápis sempre que alguém errava os verbos irregulares franceses, e mesmo assim depois não conseguimos fazer nada com esses ensinamentos na França. Faz apenas dois anos; e, agora, o soldado reservista Kantorek está ali, de repente desmistificado, com os joelhos tortos e os braços como alças de panela, botões mal polidos e uma postura ridícula, um soldado improvável. Não consigo encaixá-lo na imagem ameaçadora à sua mesa, e eu realmente gostaria de saber o que faria se aquele maltrapilho voltasse a perguntar a mim, soldado veterano, o seguinte: "Bäumer, qual é o *imparfait* do verbo *aller*?".

Por enquanto, Mittelstaedt faz com que eles pratiquem um pouco da tática do enxame. Benevolente, ele nomeia Kantorek como líder do grupo.

Há uma explicação especial para essa tática. Durante a tática do enxame, o líder do grupo deve ficar sempre vinte passos à frente de seu grupo; então vem o comando: "Meia-volta, volver! Marche!", a linha do enxame dá apenas meia-volta, mas o líder do grupo, que está vinte passos atrás da linha, precisa avançar rapidamente para ficar vinte passos à frente do grupo de novo. São quarenta passos ao todo: "Marche, marche". Mas, assim que chega, ele simplesmente precisa se virar de novo e recebe a ordem, "Marche!", e ele precisa voltar os quarenta passos na outra direção. Dessa forma, o grupo só se vira e dá alguns passos, enquanto o líder do grupo se move de um lado para o outro, rápido como um peido. Essa é uma das receitas preferidas de Himmelstoss.

Kantorek não pode esperar nada de Mittelstaedt, pois certa vez impediu que ele passasse de ano, e Mittelstaedt seria muito estúpido se não aproveitasse a oportunidade antes de voltar ao campo. Talvez seja mais fácil morrer depois de o exército lhe dar uma chance como essa.

Nesse meio-tempo, Kantorek corre para lá e para cá como um javali assustado. Depois de um tempo, Mittelstaedt ordena que pare, e então começa o importantíssimo exercício de rastejar. Apoiado nos joelhos e nos cotovelos, o fuzil empunhado corretamente, Kantorek arrasta sua figura pomposa pela areia, bem perto de nós. Ele está arfando, e seu ofegar é música para os nossos ouvidos.

Mittelstaedt incentiva o soldado Kantorek com citações do professor Kantorek.

– Soldado Kantorek, temos a sorte de viver em um grande momento, todos devemos nos recompor e superar a amargura.

Kantorek escorre de suor e cospe um pedaço sujo de madeira que ficou entre os dentes. Mittelstaedt inclina-se, importunando o homem:

– E nunca deixe que ninharias lhe façam esquecer a grande experiência, soldado Kantorek!

Fico surpreso que Kantorek não exploda, especialmente agora que começa a aula de ginástica, na qual Mittelstaedt o imita à perfeição, agarrando-o pelos fundilhos das calças enquanto ele faz flexões na barra fixa para que ele mal consiga levar o queixo até a barra, escorrendo em discursos sábios. No passado, era exatamente assim que Kantorek fazia com ele.

Depois disso, os outros serviços são distribuídos:

– Kantorek e Boettcher, busquem o pão! Levem o carrinho de mão com vocês.

Minutos depois, a dupla parte com o carrinho. Com raiva, Kantorek mantém a cabeça baixa. O porteiro fica contente, pois recebeu um serviço leve.

A padaria fica do outro lado da cidade. Então os dois precisam atravessá-la duas vezes.

– Estão fazendo isso há alguns dias. – Mittelstaedt sorri. – Já tem pessoas que esperam na rua para vê-los.

– Excelente – eu digo –, mas ele ainda não se queixou?

– Tentou! Nosso comandante gargalhou à beça quando ouviu a história. Não suporta professores. Além disso, estou namorando a filha dele.

– Ele vai atrapalhar o seu exame.

— Não dou a mínima para o exame – diz Mittelstaedt com calma. – E a queixa dele foi inútil, pois consegui provar que ele recebe serviços leves a maior parte do tempo.

— Você não podia lascá-lo de verdade? – pergunto.

— Na minha opinião, ele é idiota demais para tanto – responde Mittelstaedt altiva e generosamente.

O que são férias? Um hiato que torna tudo muito mais difícil depois. Uma despedida já se insinua. Minha mãe me olha em silêncio; ela conta os dias, eu sei, todas as manhãs está triste. Já é um dia a menos. Ela guardou minha mochila para não ser lembrada do inevitável.

As horas voam quando se está refletindo. Recomponho-me e acompanho minha irmã até o açougue para pegar alguns ossos. É um grande privilégio, e, de manhã, as pessoas já fazem fila para consegui-los. Muitos chegam a desmaiar.

Não damos sorte. Depois de esperarmos, nos revezando durante três horas, a fila se desmancha: os ossos acabaram.

Bom que recebi minha ração. Vou levá-la para minha mãe, e todos teremos algo mais substancioso para comer.

Os dias vão ficando cada vez mais difíceis; os olhos da minha mãe, cada vez mais tristes. Faltam quatro dias. Preciso visitar a mãe de Kemmerich.

É uma situação impossível de descrever. Aquela mulher trêmula e soluçante me sacode e grita comigo:

— Por que você está vivo se ele está morto?

Me inunda de lágrimas e grita:

— Por que vocês estão lá, meninos como você?

Afunda em uma cadeira e chora:

– Você o viu? Conseguiu vê-lo? Como ele morreu?

Digo-lhe que ele foi baleado no coração e morreu instantaneamente. Ela olha para mim, duvida:

– Você está mentindo. Conheço bem meu filho. Sei o quanto sofreu na morte. Ouvi sua voz, senti seu medo à noite... diga a verdade, eu quero saber, preciso saber.

– Não – digo –, eu estava do lado dele. Ele morreu instantaneamente.

Ela me pergunta, baixinho:

– Me diga. Você precisa me dizer. Sei que você quer me confortar com isso, mas não veem que está me atormentando mais do que se disser a verdade? Não suporto a incerteza, me conte como foi, por mais horrível que seja. Ainda é melhor do que só imaginar tudo.

Nunca vou contar, nem se ela fizer picadinho de mim. Sinto pena dela, mas também me parece um pouco estúpida. Devia estar contente, Kemmerich continuará morto, quer ela saiba ou não. Quando se veem tantos mortos, não se consegue mais entender por que tanta dor por um único defunto. Então digo, um tanto impaciente:

– Ele morreu instantaneamente. Não sentiu nada. O rosto dele estava calmo.

Ela fica em silêncio. Em seguida pergunta, bem devagar:

– Jura?

– Juro.

– Por tudo o que é mais sagrado para você?

Ai, meu Deus, o que é sagrado para mim? Essas coisas mudam tão rápido para nós.

– Sim, ele morreu instantaneamente.

– Que, se não for verdade, você nunca mais volte?

– Que eu nunca mais volte se ele não tiver morrido instantaneamente.

Eu aguentaria as consequências que fossem. Mas ela parece acreditar em mim. Geme e chora por um bom tempo. Me vejo obrigado a contar como foi e invento uma história em que eu quase acredito.

Quando saio, ela me beija e me dá uma foto dele. Em seu uniforme de recruta, está encostado em uma mesa redonda, cujas pernas são feitas de troncos de bétula não descascados. Atrás, há uma floresta pintada como cenário. Sobre a mesa, uma caneca de cerveja.

É a última noite em casa. Todos estão em silêncio. Vou para a cama cedo, apalpo os travesseiros, abraço-os e deito minha cabeça neles. Quem sabe se vou me deitar em uma cama de penas como aquela de novo?

Minha mãe entra no meu quarto tarde da noite. Ela acha que estou dormindo, e eu finjo que estou. Falar, ficar acordado diante dela, é tudo muito difícil.

Ela fica sentada quase até de manhã, embora esteja com dor e às vezes se curve. Finalmente, não consigo mais suportar e finjo acordar:

– Vá dormir, mãe, você vai pegar um resfriado aqui.

Ela diz:

– Posso dormir depois.

Eu me levanto.

– Não vou já para o campo, mãe. Preciso ir para o acampamento do quartel por quatro semanas. Talvez eu possa voltar um domingo desses.

Ela fica em silêncio. Então, pergunta baixinho:

– Você está com muito medo?

– Não, mãe.

– Queria dizer uma coisa para você: cuidado com as mulheres na França. Elas são más lá.

Ah, mãe, mãe! Eu sou uma criança para você, por que não posso deitar minha cabeça em seu colo e chorar? Por que sempre tenho que ser o mais forte e o mais controlado? Também gostaria de chorar e ser consolado, realmente não sou muito mais que uma criança, meus calções de menino ainda estão pendurados no armário – faz tão pouco tempo, por que já passou?

Com o máximo de calma possível, digo:

– Não há mulheres onde estamos, mãe.

– E tenha muito cuidado lá no front, Paul.

Ah, mãe, mãe! Por que não pego você nos braços e morremos juntos? Que pobres coitados nós somos!

– Sim, mãe, vou tomar cuidado.

– Vou orar por você todos os dias, Paul.

Ah, mãe, mãe! Vamos nos levantar e recuar nos anos, até que toda essa miséria não mais pese sobre nós, de volta para quando éramos apenas você e eu, mãe!

– Talvez você consiga um posto que não seja tão perigoso.

– Sim, mãe, talvez eu consiga entrar na cozinha, é possível.

– Aceite logo, e se os outros falarem alguma coisa…

– Não me importo com isso, mãe.

Ela suspira. Seu rosto é uma figura branca no escuro.

– Agora, você precisa ir para a cama, mãe.

Ela não responde. Eu me levanto e coloco meu cobertor sobre seus ombros. Ela se apoia no meu braço, está com dor. É assim que a levo. Vou ficar um pouco com ela.

– Você precisa ficar boa agora, mãe, antes de eu voltar.

– Sim, meu filho.

– Não deve me enviar suas coisas, mãe. Temos o suficiente para comer lá no campo. Elas serão mais úteis aqui.

Coitada, está deitada em sua cama, ela que me ama mais do que tudo. Quando estou prestes a sair, ela diz, apressada:

– Trouxe duas ceroulas para você. São de lã boa. Vão deixá-lo aquecido. Não se esqueça de colocá-las na mochila.

Ah, mãe, sei o que essas duas ceroulas lhe custaram, tanta espera, andanças, pedidos! Ah, mãe, mãe, como é possível entender que preciso me afastar? Quem mais tem direito a mim do que você? Ainda estou aqui, e você está deitada aí, temos tantas coisas para contar um ao outro, mas nunca vamos conseguir.

– Boa noite, mãe.

– Boa noite, meu filho.

O quarto está escuro. Ouço a respiração ritmada da minha mãe. Entre as respirações, o tique-taque do relógio. O vento bate nas janelas. As castanheiras farfalham.

No jardim da frente, tropeço na minha mochila, que já está arrumada porque tenho que sair muito cedo no dia seguinte.

Mordo meus travesseiros, cerro os punhos em torno das barras de ferro da minha cama. Eu nunca deveria ter voltado. Lá no front fiquei indiferente e muitas vezes sem esperança; nunca vou ser capaz de ser assim novamente. Eu era um soldado e agora não sou nada além da dor por mim mesmo, por minha mãe, por tudo que é tão desolado e sem fim. Nunca deveria ter saído de licença.

8

Ainda reconheço o quartel em Landes. Foi onde Himmelstoss educou Tjaden. No entanto, não conheço mais ninguém aqui, tudo mudou, como sempre. Só alguns dos homens eu já vi antes, muito rapidamente.

Faço o serviço de forma mecânica. À noite, estou quase sempre no centro recreativo dos soldados; há revistas que não leio; no entanto, há um piano que gosto de tocar. Duas mulheres fazem o atendimento, uma delas é bem nova.

O acampamento é delimitado por cercas altas de arame. Para sairmos tarde do centro recreativo, precisamos de licença. Claro, qualquer um que fique amigo do sentinela consegue passar discretamente.

Entre arbustos de zimbro e bosques de bétulas, praticamos exercícios de companhia todos os dias na charneca. É suportável quando a exigência não é grande. Corremos, nos atiramos no chão, e nossa respiração balança os caules e as flores da urze para lá e para cá. Vista de perto no chão, a areia clara é tão pura quanto em um laboratório, composta de muitos seixos minúsculos. Estranho como dá vontade de enfiar a mão nela.

Mas o mais bonito são as florestas com seu entorno de bétulas. Elas mudam de cor a cada momento. Agora, os troncos são de um branco do mais brilhante, e o verde pastel da folhagem leve e sedosa flutua entre eles; no momento seguinte, tudo fica azul opalescente, que se espalha prateado pelas margens, manchando o que há de verde; mas, imediatamente, fica quase preto em um ponto, quando uma nuvem passa sobre o sol. E essa sombra corre como um fantasma entre os troncos agora pálidos, para além da charneca até o horizonte – nesse meio-tempo, as bétulas já se destacam como bandeiras festivas com mastros brancos diante do cintilar vermelho-dourado da sua folhagem cambiante.

Muitas vezes, me perco nesse jogo das luzes mais delicadas e das sombras transparentes, tanto que quase perco os comandos; quando estamos sozinhos, começamos a observar e amar a natureza. E não tenho muitas relações aqui, nem quero que elas vão além do normal. Ninguém se conhece o bastante para fazer mais do que jogar conversa fora e, à noite, jogar vinte e um ou outro jogo.

Ao lado do nosso quartel fica o grande acampamento russo. Embora sejam separados por um alambrado, os prisioneiros ainda conseguem chegar até nós. Parecem muito tímidos e apavorados, quase todos têm barba e são grandes, o que faz com que pareçam são-bernardos maltratados.

Esgueiram-se por nossas barracas e reviram as latas de lixo. Imagine o que encontram lá. Nossa comida é escassa e, sobretudo, ruim; há nabos cortados em seis partes e cozidos em água, talos de cenoura ainda sujos; batatas mofadas são ótimas iguarias, e o supremo é uma sopa de arroz rala em que boiam pedaços de nervos de carne de boi, mas tão bem picados que dificilmente são encontrados.

No entanto, é claro que comemos tudo. Se alguém estiver tão rico que não precise devorar tudo aquilo, outras dez pessoas o aceitarão de bom grado. Apenas as sobras, o que a colher não consegue mais alcançar, são despejadas nas lixeiras. Sobre elas, às vezes, há algumas cascas de nabo, cascas de pão mofadas e todo tipo de sujeira.

Esse chorume ralo, turvo e imundo é o objetivo dos prisioneiros. Retiram-no avidamente em latas fedorentas que carregam sob suas blusas.

É estranho ver esses nossos inimigos tão de perto. Têm rostos que dão o que pensar, rostos simpáticos de camponês, com testa larga, nariz largo, lábios largos, mãos largas, cabelos encaracolados. Feitos para arar, cortar mato e colher maçãs. Parecem ainda mais amigáveis que nossos camponeses frísios.

É triste ver como se movimentam, como mendigam comida. Todos estão muito fracos, recebem apenas o suficiente para não morrer de fome, e mesmo nós já não temos o suficiente para comer. Eles vivem com disenteria, seus olhos são ansiosos, alguns mostram de forma furtiva as fraldas da camisa ensanguentadas. As costas, a nuca, vivem curvadas; os joelhos, dobrados; a cabeça, inclinada olhando para cima quando estendem as mãos e mendigam com as parcas palavras que sabem – mendigam com aquelas vozes graves e suaves como lareiras acesas e os quartos na casa da mãe.

Tem gente que os chuta para que caiam, mas são poucos. A maioria não faz nada com eles, apenas os ignoram. Às vezes, porém, quando se está muito infeliz, há quem fique com raiva e lhes dê um chute. Se ao menos não nos olhassem assim – quanto sofrimento pode surgir em dois pontinhos, os olhos, tão pequenos que é possível cobri-los com os polegares.

À noite, eles vêm ao quartel e fazem negócios. Trocam tudo o que têm por pão. Às vezes conseguem, porque têm botas boas, e as nossas são ruins. O couro das botas altas deles é maravilhosamente macio, como couro de vitela. Aqueles entre nós que são filhos de camponeses e que recebem alimentos substanciosos de casa conseguem comprá-las. O preço de um par de botas é de dois a três filões de pão, ou um filão de pão e uma salsicha defumada das pequenas.

No entanto, quase todos os russos já se livraram das coisas que tinham. Trajam apenas uniformes miseráveis e tentam negociar pequenas esculturas entalhadas e objetos que fizeram com estilhaços de granada e pedaços de anéis de cobre. Claro, essas coisas não rendem muito, mesmo que tenham custado muito esforço – elas são trocadas por apenas algumas fatias de pão. Nossos camponeses são persistentes e espertos quando negociam. Seguram o filão de pão ou a salsicha debaixo do nariz do russo até ele ficar pálido de fome e revirar os olhos, então faz qualquer negócio. Mas eles embalam seu butim da forma mais intrincada: pegam seu canivete grande e, lenta e deliberadamente, cortam um pedaço de pão de sua provisão e colocam um bom pedaço da salsicha a cada mordida, mastigando como se fosse uma recompensa. É irritante vê-los comer assim, dá vontade de bater em suas cabeçorras. Raramente nos dão alguma coisa. Quer dizer, pouco os conhecemos para tanto.

Estou sempre de sentinela, de olho nos russos. Na escuridão, dá para ver suas figuras se movendo, como cegonhas doentes, como pássaros grandes. Aproximam-se das barras e encostam o rosto nelas, os dedos agarrados ao alambrado. Frequentemente ficam muitos em pé, um ao lado do outro. Assim respiram o vento que vem da charneca e das matas.

Raramente falam, e, quando o fazem, são apenas algumas palavras. São mais humanos e, quase gosto de pensar dessa forma, mais fraternais uns com os outros do que nós aqui. Mas talvez seja apenas porque se sentem mais infelizes do que nós. Para eles, a guerra já acabou. Esperar pela disenteria também não é vida.

Os soldados da reserva que os vigiam contam que eram mais animados no início. Como costuma acontecer, tinham escaramuças e, dizem que, muitas vezes, chegavam às vias de fato com murros e facas. Agora estão apáticos e indiferentes, a maioria nem se masturba mais, tão fracos estão, embora muitas vezes as coisas fiquem tão ruins que o fazem até mesmo juntos, nas barracas.

Ficam junto à cerca; às vezes, um cambaleia para longe, logo outro ocupa o seu lugar na fila. A maioria permanece calada, apenas alguns imploram pela bituca de um cigarro fumado.

Vejo suas formas escuras. Suas barbas balançam ao vento. Tudo o que sei sobre eles é que são prisioneiros, e é exatamente isso o que me angustia. A vida deles passa anônima e sem culpa; se eu soubesse mais sobre eles, quais são seus nomes, como vivem, o que esperam, o que os deprime, minha angústia teria um propósito e poderia se transformar em compaixão. Mas agora, por trás deles, só sinto a dor do ser vivo, a terrível melancolia da vida e a impiedade das pessoas.

Uma ordem transformou essas figuras silenciosas nos nossos inimigos; outra ordem poderia transformá-las em nossos amigos. Em alguma escrivaninha, um documento é assinado por homens que nenhum de nós conhece, e, por anos, nosso objetivo tem sido aquilo que, de outra forma, merece o desprezo do mundo e a mais elevada punição. Quem ainda consegue fazer essa distinção quando vê essas pessoas quietas aqui, com rostos infantis e barbas de apóstolo? Todo suboficial é mais inimigo do recruta, e todo professor, mais inimigo do aluno do que eles são para nós. E, no entanto, atiraríamos neles de novo, e eles atirariam em nós se estivessem livres.

Tomo um susto, não posso continuar pensando dessa forma. Esse caminho leva ao abismo. Ainda não é a hora, mas não quero perder o pensamento, quero guardá-lo, fechá-lo até que a guerra termine. Meu coração palpita: é este o objetivo, o grandioso e o único objetivo em que pensei nas trincheiras, o que procurava como possibilidade de existência após essa catástrofe de toda a humanidade, uma tarefa para a vida futura, digna dos anos de horror?

Pego meus cigarros, parto cada um em dois e entrego aos russos. Eles se curvam e os acendem. Pontos vermelhos agora brilham em alguns rostos. Eles me consolam, parecem pequenas janelas nas casas da aldeia às escuras, revelando quartos que oferecem proteção.

Os dias passam. Outro russo é enterrado em uma manhã de neblina; agora, quase todos os dias morrem alguns. Estou de sentinela quando ele é enterrado. Os prisioneiros cantam um hino, em muitas vozes, e quase soa como se não houvesse vozes, como se fosse um órgão distante na charneca.

O enterro é rápido.

À noite, eles se juntam novamente no alambrado, e o vento chega dos bosques de bétulas até eles. As estrelas são frias. Agora conheço alguns dos que falam alemão muito bem. Há um músico entre eles, diz que foi violinista em Berlim. Quando ouve que sei tocar um pouco de piano, ele pega seu violino e toca. Os outros sentam-se e encostam as costas nas barras. Ele fica de pé e toca, muitas vezes tem aquela expressão perdida dos violinistas quando fecham os olhos, então move o instrumento no ritmo e sorri para mim.

Provavelmente toca músicas folclóricas, porque os outros cantarolam junto. São como colinas escuras zumbindo nas profundezas. A voz do violino ergue-se acima delas como uma garota esbelta, iluminada e solitária. As vozes param, e o violino continua – passa agudo pela noite, como se estivesse sentindo frio; precisamos nos aproximar para ouvir, provavelmente seria melhor em uma sala; aqui, ao ar livre, ficamos tristes quando o som vaga sozinho.

Não tenho folga no domingo, só porque tive férias mais longas. Por isso, meu pai e minha irmã mais velha vêm me visitar no último domingo antes da partida. Ficamos sentados na casa de recreação o dia todo. Aonde mais devemos ir, se não queremos ir às barracas? À tarde, damos um passeio na charneca.

As horas se arrastam; não sabemos o que falar. Assim, falamos da doença da minha mãe. Está confirmado agora: câncer. Ela já está no hospital e será operada em breve. Os médicos esperam que ela melhore, mas nunca ouvimos falar de um câncer ser curado.

– Onde ela está? – pergunto.

– No Hospital Rainha Luise – responde meu pai.

– Em qual ala?

– Na terceira. Teremos que esperar e ver quanto custa a operação. Ela mesma quis ficar na terceira. Disse que assim se distrairia um pouco. Também é mais barata.

– Então ela está na enfermaria com muitas pessoas. Se ao menos conseguir dormir à noite...

Meu pai assente com a cabeça. Seu rosto está emaciado e cheio de rugas. Minha mãe está muito doente;

ela só ia ao hospital quando era obrigada, mas ainda assim nos custava muito dinheiro, e, na verdade, a vida do meu pai se esvaiu dessa forma.

– Se ao menos soubéssemos quanto custa a operação – diz ele.

– Vocês não perguntaram?

– Diretamente, não, não dá para fazer isso... se o médico se irritar, pode ser ruim, porque é ele que vai operar a sua mãe.

Sim, penso com amargura, é assim que somos, é assim que eles são, os pobres. Não ousam perguntar o preço e se preocupam terrivelmente com isso; mas os outros, que não precisam, acham natural definir o preço de antemão. O médico nunca ficará irritado com eles.

– Depois, as bandagens são muito caras – diz meu pai.

– O seguro de saúde não paga nada? – pergunto.

– Mamãe está doente faz muito tempo.

– Vocês têm dinheiro?

Ele balança a cabeça:

– Não. Mas agora posso voltar a fazer horas extras.

Eu sei: ele vai ficar à sua mesa até meia-noite, dobrando, colando e cortando. Às oito horas da noite, vai comer uma daquelas coisas medíocres que se consegue com o cartão de racionamento. Depois, vai tomar um pó para a dor de cabeça e continuará trabalhando.

Para animá-lo um pouco, conto algumas histórias que me vêm à mente, piadas de soldados e coisas assim, sobre generais e sargentos que acabaram se dando mal.

Levo-os até a estação de trem. Eles me dão um pote de geleia e um pacote de bolinhos de batata que minha mãe fez para mim.

Então vão embora, e eu retorno.

À noite, espalho a geleia nos bolinhos e como. O gosto não me agrada. Por isso, saio para dar os bolinhos aos russos. Em seguida, me lembro que minha mãe os fez e que pode ter sentido dor enquanto estava junto ao fogão quente. Ponho o pacote de volta na mochila e levo apenas dois deles para os russos.

9

Viajamos por alguns dias. Os primeiros aviões aparecem no céu. Passamos por trens de transporte. Canhões, canhões. O trem militar nos leva. Procuro pelo meu regimento. Ninguém sabe no momento onde está. Pernoito em algum lugar, em outro recebo provisões e algumas instruções vagas pela manhã. Então parto novamente com minha mochila e meu fuzil. Quando chego, nenhum de nós fica na cidade bombardeada. Ouço dizer que nos tornamos uma divisão volante, destacada para onde quer que as coisas fiquem difíceis. Isso não me anima. Soube de grandes perdas que tivemos. Estou buscando informações de Kat e Albert. Ninguém sabe deles.

Continuo procurando e vagando de um lado para o outro, é uma sensação curiosa. Uma noite e depois outra; acampo como um índio. Então tenho notícias definitivas e posso me apresentar ao escritório à tarde.

O sargento-mor vai me manter lá. A companhia estará de volta em dois dias, não adianta me mandar para o front.

– Como foi a sua licença? – ele pergunta. – Boa, não foi?

– Mais ou menos – respondo.

– Sim, sim – ele suspira –, se não tivesse que voltar. A segunda metade sempre é estragada por isso.

Fico por aqui até a companhia aparecer pela manhã, cinza, suja, taciturna e sombria. Então, de um pulo, avanço e me espremo entre eles, meus olhos procuram, lá está Tjaden, lá está Müller bufando, e vejo Kat e Kropp também. Preparamos nossos colchões de palha um ao lado do outro. Sinto-me culpado quando olho para eles, mas não tenho motivos para isso. Antes de dormir, pego o restante dos bolinhos de batata e da geleia para que eles comam também.

Os dois bolinhos das pontas estão mofados, mas ainda dá para comê-los. Vou ficar com estes e dar os mais frescos para Kat e Kropp.

Kat mastiga e pergunta:

– Sua mãe quem fez?

Respondo que sim com a cabeça.

– Bom – diz ele –, percebe-se pelo gosto.

Eu poderia chorar. Não me reconheço mais. Mas vai melhorar, aqui, com Kat e Albert e o restante do pessoal. É o lugar ao qual pertenço.

– Você teve sorte – murmura Kropp para mim, já quase dormindo. – Dizem que vamos para a Rússia.

– Para a Rússia. Não tem mais guerra lá.

Ao longe, o front troveja. As paredes da caserna chacoalham.

Faz-se uma limpeza radical. Passadas em revista em sequência. Somos inspecionados por todos os lados. O que está rasgado é trocado por roupas em bom estado. Recebo um casaco novo impecável; Kat, claro, recebe até mesmo um uniforme completo. Há rumores de que a paz está próxima, mas o outro boato é mais provável: de que seremos enviados para a Rússia. No entanto, por que precisamos de roupas melhores para ir à Rússia? Finalmente, a informação se espalha: o imperador vem visitar. Por isso todas as passadas em revista.

Durante oito dias, era possível pensar que estávamos em um quartel de recrutas, é assim que eles trabalham e treinam. Todo mundo está mal-humorado e nervoso, porque a limpeza excessiva não é por nós, e o desfile, menos ainda. Essas coisas incomodam mais o soldado que as trincheiras. Por fim, o momento chegou. Ficamos em posição de sentido, e o imperador surge. Ficamos curiosos para saber como ele é. Ele avança e, na verdade, me sinto um pouco decepcionado: pelas fotos, imaginei que fosse mais alto e mais imponente e, sobretudo, que tivesse uma voz estrondosa.

Ele distribui Cruzes de Ferro e fala com um e com outro. Em seguida, partimos.

Depois disso, conversamos. Tjaden diz, surpreso:

– Então esse é o maioral. Todo mundo precisa ficar em posição de sentido na frente dele, todo mundo! – ele pensa: – Até o Hindenburg tem que ficar em posição de sentido, não é?

– Sim – confirma Kat.

Tjaden ainda não terminou. Pensa mais um pouco e pergunta:

– Um rei também deve ficar em posição de sentido na frente de um imperador?

Ninguém sabe ao certo, mas achamos que não. Os dois estão em funções tão elevadas que não há necessidade de ficar em posição de sentido.

– Que bobagem você está inventando – diz Kat. – O importante é que você fique em posição de sentido.

Mas Tjaden está completamente fascinado. Sua imaginação, normalmente muito limitada, está borbulhante.

– Olha – anuncia ele –, simplesmente não consigo acreditar que um imperador tenha que ir à latrina como eu.

– Pode apostar que sim – ri Kropp.

– Você é louco de pedra – acrescenta Kat –, é muito piolho na cabeça, Tjaden, vá você à latrina para poder limpar a cabeça e não falar como uma criança nas fraldas.

Tjaden desaparece.

– Mas eu gostaria de saber uma coisa – diz Albert –, a guerra teria acontecido se o Kaiser tivesse dito que não?

– Acho que sim – interrompo. – No início ele mesmo não queria.

– Bem, se ele estivesse sozinho, não; mas talvez se houvesse vinte, trinta pessoas pelo mundo dizendo *não*.

– Tudo bem – admito –, mas era exatamente o que eles queriam.

– É engraçado quando se pensa nisso – continua Kropp –, estamos aqui para defender nossa pátria. Mas os franceses também estão lá para defender a pátria deles. Então, quem está certo?

– Talvez os dois lados – digo sem acreditar.

– É – diz Albert, e consigo ver que está tentando me encurralar –, mas nossos professores, pastores e jornais dizem que apenas nós estamos certos, e assim esperamos. Já os professores, pastores e jornais franceses dizem que apenas eles estão certos, e aí?

– Sei lá – digo. – De qualquer forma, há uma guerra, e mais países entram nela a cada mês.

Tjaden reaparece. Ainda está animado e de pronto volta à conversa, perguntando como uma guerra realmente começa.

– Geralmente quando um território insulta o outro gravemente – responde Albert com certa superioridade.

Mas Tjaden se finge de bobo.

– Um território? Não entendi. Uma montanha na Alemanha não pode ofender uma montanha na França. Ou um rio, ou uma floresta, ou um campo de trigo.

– Você é tão estúpido assim ou está só se fazendo de tonto? – rosna Kropp. – Não foi isso que eu quis dizer. Um povo insulta outro...

– Então não tenho nada a fazer aqui – responde Tjaden –, não me sinto ofendido.

– Vou explicar uma coisa para você – diz Albert com raiva. – Não tem nada a ver com você, seu caipira.

– Então eu posso mesmo ir para casa – insiste Tjaden, e todos riem.

– Ah, cara, é o povo como um todo, ou seja, o Estado... – exclama Müller.

– Estado, Estado – Tjaden estala os dedos astuciosamente –, sargentos, polícia, impostos, esse é o seu Estado. Se você tem alguma coisa a ver com isso, fique à vontade.

– Isso mesmo – diz Kat –, pela primeira vez você diz uma coisa certa, Tjaden. Até mesmo entre Estado e pátria há uma diferença.

– Mas eles pertencem um ao outro – reflete Kropp –, uma pátria sem Estado não existe.

– Certo, mas considere que somos quase todos pessoas simples. E, na França, quase todas as pessoas são trabalhadoras, artesãos ou funcionários públicos de baixo escalão. Por que um serralheiro ou sapateiro francês quer nos atacar? Não, são apenas os governos. Eu nunca tinha visto um francês antes de vir para cá, e a maioria dos franceses diz o mesmo de nós. Assim como para nós, ninguém perguntou nada para eles.

– Então, por que a guerra existe? – questiona Tjaden.

Kat dá de ombros.

– Deve haver pessoas que se beneficiam da guerra.

– Bem, eu não sou uma delas – Tjaden sorri.

– Nem você, nem ninguém aqui.

— Quem, então? — insiste Tjaden. — O imperador também não se beneficia. Ele já tem tudo de que precisa.

— Não diga isso — responde Kat —, ele não tinha tido uma guerra até agora. E todo grande imperador precisa de pelo menos uma guerra, ou não fica famoso. Dá uma olhada nos seus livros da escola.

— Os generais também ficam famosos durante a guerra — diz Detering.

— Mais famosos que o imperador — confirma Kat.

— Claro que outras pessoas que querem ganhar dinheiro com a guerra estão por trás disso — resmunga Detering.

— Acho que é mais como uma febre — comenta Albert.

— Ninguém realmente quer, mas, de repente, ela começa. Nós não queríamos a guerra, os outros dizem o mesmo... e, ainda assim, metade do mundo está encalacrada nela.

— Mas lá eles mentem mais que aqui — intervenho. — Pense nos panfletos dos prisioneiros, que diziam que comíamos crianças belgas. Os camaradas que escrevem essas coisas deveriam ser enforcados. São os verdadeiros culpados.

Müller levanta-se:

— De qualquer forma, é melhor que a guerra esteja aqui, e não na Alemanha. Vejam esses campos cheios de trincheiras!

— É verdade — concorda o próprio Tjaden —, mas melhor ainda é não ter guerra nenhuma.

Ele vai embora orgulhoso, porque deu uma lição em nós. E a opinião dele é bem típica aqui, deparamo-nos com ela o tempo todo, e não temos como contrariá-la, pois, ao mesmo tempo, não há compreensão de outros contextos por parte de quem opina. O senso de nacionalidade do recruta está no fato de ele estar aqui, no front. Mas isso é tudo; todo o restante ele julga de forma prática e a partir de sua mentalidade.

Com raiva, Albert deita-se na grama.

– É melhor não falar sobre essa porcaria toda.

– Nada vai mudar mesmo – confirma Kat.

Ainda por cima, temos que devolver quase todas as roupas recém-recebidas e pegar de volta nossos trapos velhos. Os trajes bons eram apenas para o desfile.

Em vez de ir para a Rússia, vamos voltar para o front. No caminho, passamos por um bosque arrasado com troncos quebrados e terra revirada. Em alguns lugares, há crateras terríveis.

– Minha nossa, acertaram em cheio aqui – digo para Kat.

– Morteiros – comenta ele e, em seguida, aponta para cima. Pessoas mortas penduradas nos galhos. Um soldado nu dobrado sobre um galho grosso de uma árvore ainda está com o capacete. Apenas metade dele está sentada lá em cima, um torso sem pernas.

– O que aconteceu ali? – pergunto.

– Foi arrancado do uniforme – resmunga Tjaden.

Kat diz:

– Engraçado, já vimos isso algumas vezes. Quando acerta uma mina, a pessoa realmente é arrancada do uniforme. É o que faz a pressão do ar.

Continuo procurando. Realmente é assim que acontece. Há farrapos de uniforme pendurados sozinhos; em outros lugares há um mingau sangrento do que já foram membros humanos. Um corpo jaz ali com apenas um pedaço da ceroula em uma perna e a gola do casacão ao redor do pescoço. Tirando isso, está nu, o uniforme pendurado na árvore. Faltam os braços, como se tivessem sido desrosqueados. Vejo um deles vinte passos adiante em meio aos arbustos.

O morto está deitado de bruços. Ali, onde estão as feridas do braço, o chão está preto de sangue. As folhas estão pisoteadas embaixo dos pés, como se o homem tivesse se debatido.

– Não é brincadeira, Kat – comento.

– Estilhaços no estômago também não são – retruca ele, encolhendo os ombros.

– Só não amoleçam – diz Tjaden.

A coisa toda deve ter acontecido há pouco tempo, o sangue ainda está fresco. Como todas as pessoas que vemos estão mortas, não nos detemos, mas relatamos o caso ao posto médico mais próximo. Afinal, não é da nossa alçada fazer o trabalho dessas bestas carregadoras de padiolas.

Uma patrulha precisa ser enviada para determinar até que ponto a posição inimiga ainda está ocupada. Tenho uma sensação estranha em relação aos outros por causa da minha licença, por isso me voluntariei. Combinamos um plano, nos esgueiramos até o arame farpado e depois nos separamos para avançar rastejando um de cada vez. Depois de um tempo, encontro uma trincheira rasa e deslizo para dentro dela. Fico espiando daqui.

O terreno está sob fogo moderado de metralhadora, varrido por todos os lados, não com tanta intensidade, mas o suficiente para fazer com que eu não me exponha demais.

Um foguete luminoso abre-se no ar. O terreno congela-se à luz pálida, e em seguida a escuridão volta ainda mais intensa. Na trincheira, comentaram que havia tropas de negros na nossa frente. É desconfortável, é difícil vê-los, e eles são muito habilidosos nas patrulhas. Por outro lado, é curioso como muitas vezes não são cautelosos; Kat e Kropp uma vez estavam patrulhando e atiraram em uma contrapatrulha negra porque as pessoas, em sua ânsia por cigarros, fumavam ao se deslocar. Kat e Albert só precisaram mirar nas pontas fumegantes.

Uma pequena granada assobia ao meu lado. Não a ouvi chegando e fico com medo. No mesmo momento, um pavor insensato toma conta de mim. Estou sozinho e quase indefeso no escuro – talvez um par de olhos esteja me observando faz muito tempo de uma trincheira e uma granada de mão esteja prestes a ser lançada para me despedaçar. Tento me recompor. Não é minha primeira patrulha, nem é especialmente perigosa. Mas é a primeira desde a licença e, além disso, o terreno ainda é bastante desconhecido para mim.

Fica claro para mim mesmo que minha agitação é absurda, que provavelmente não há nada à espreita no escuro, caso contrário não dispararam tão rente ao chão.

É em vão. Meus pensamentos zumbem na minha cabeça em confusão – ouço a voz de advertência de minha mãe, vejo os russos com as barbas esvoaçantes, encostados no alambrado; tenho a brilhante e maravilhosa imagem de uma cantina com poltronas, um cinema em Valenciennes; em minha imaginação vejo, de forma perturbadora e execrável, o cano cinzento e caloso do fuzil que espreita silenciosamente, por mais que eu tente virar a cabeça: o suor escorre de todos os poros.

Ainda estou deitado na minha cratera. Olho para o relógio; passaram-se apenas alguns minutos. Minha testa está molhada, meus olhos brilham, marejados, minhas mãos tremem e eu ofego baixinho. É só um terrível ataque de ansiedade, um medo mesquinho e animalesco de levantar a cabeça e rastejar.

Minha tensão dissolve-se no desejo de poder ficar deitado. Meus membros grudam no solo, tento em vão – eles não querem se soltar. Comprimo meu corpo contra o chão, não consigo avançar, decido me manter deitado.

Mas, imediatamente, a onda me inunda de novo, uma onda de vergonha, de remorso e também de segurança. Levanto-me um pouco para olhar em volta. Meus olhos queimam enquanto encaro a escuridão. Um foguete sinalizador sobe; me abaixo de novo.

Travo uma luta sem sentido, confusa, quero sair da cratera e voltar a entrar, digo: "Você precisa ir, por seus camaradas, não por uma ordem estúpida", e, logo depois, "Que me importa, só tenho uma vida a perder…".

É isso o que essa licença faz, peço perdão com amargura. Mas eu mesmo não acredito, sinto-me terrivelmente deprimido, me levanto devagar e estendo os braços à frente, arrasto-me de costas e me deito na beira da cratera.

Então ouço um barulho e recuo. Apesar dos estampidos da artilharia, consigo ouvir ruídos suspeitos. Presto atenção – o som está atrás de mim. São os nossos andando pela trincheira. Agora também ouço vozes abafadas. Pelo tom, pode ser Kat falando.

De repente, um imenso calor me inunda. Essas vozes, essas poucas palavras em voz baixa, esses passos na trincheira atrás de mim me arrancam da terrível solidão do medo da morte, à qual quase sucumbi. São mais que minha vida, essas vozes, são mais que amor de mãe, mais que medo, são a coisa mais forte e protetora que existe: as vozes dos meus camaradas.

Não sou mais um pedaço trêmulo de existência sozinho no escuro – pertenço a eles, e eles a mim, todos compartilhamos o mesmo medo e a mesma vida, estamos ligados de uma maneira ao mesmo tempo simples e complexa. Gostaria de apertar meu rosto nelas, nas vozes, naquelas poucas palavras que me salvaram e que me apoiarão.

Cuidadosamente, deslizo sobre a borda e sigo em frente, rastejando. De quatro, avanço mais ainda; está tudo bem, eu me oriento, olho ao redor e observo e memorizo o trajeto do tiro de canhão para encontrar o caminho de volta. Então tento fazer contato com os outros.

Ainda estou com medo, mas é um medo razoável, uma cautela enormemente intensificada. Há muito vento na noite, e as sombras se movem para frente e para trás no clarão dos disparos dos canhões. Vê-se muito pouco e demais ao mesmo tempo. Várias vezes congelo, mas nunca enxergo nada. Em seguida, avanço bastante e então recuo, descrevendo um arco. Não consegui contatá-los. Cada metro que chego mais perto de nossa trincheira me enche de confiança, mas também de uma urgência maior. Não seria bom ser alvejado por uma bala perdida agora.

Nesse momento, um novo choque me atinge. Não consigo mais reconhecer a direção em que me desloco. Sento-me com calma em uma cratera e tento me orientar. Já aconteceu mais de uma vez de alguém pular com alegria em uma trincheira e descobrir que era a do inimigo.

Depois de um tempo, espreito de novo. Ainda estou no caminho errado. O emaranhado de trincheiras agora me parece tão confuso que, agitado como estou, não sei mais para onde me virar. Talvez eu esteja rastejando em paralelo às trincheiras, pode levar uma eternidade. Por isso, volto a me desviar.

Malditos foguetes luminosos! Parecem queimar durante uma hora, não se pode fazer um movimento sem que uma granada assobie ao nosso redor.

Mas não adianta, preciso sair. Abro caminho com hesitação, rastejando pelo chão e esfolando minhas mãos em estilhaços irregulares, afiados como navalhas. Às vezes, tenho a impressão de que o céu está ficando um pouco mais claro no horizonte, mas também pode ser só a minha imaginação. Aos poucos, porém, percebo que estou rastejando pela minha vida.

Uma granada estoura. Imediatamente na sequência, outras duas. E logo o bombardeio começa. Um ataque surpresa. Metralhadoras matraqueiam. Por ora, não há mais nada a fazer senão ficar parado. Parece ser mesmo um ataque. Por todos os lados, sobem os foguetes luminosos. Sem parar.

Fico encolhido em uma trincheira grande, com água até a barriga. Quando o ataque vier, vou cair na água o mais fundo que puder sem me afogar, com a cara perto da terra. Terei que fingir que estou morto.

De repente, ouço revidarem o fogo. Imediatamente, deslizo para o fundo da água, com o capacete na nuca, a boca erguida apenas o suficiente para conseguir respirar.

Então, fico imóvel; porque, em algum lugar próximo, tem algo estalando, tateando, caminhando pesado, todos os meus nervos se contraem, gélidos. Ouço algo tilintar lá em cima, o primeiro esquadrão passou. Acabei de ter um pensamento devastador: o que fazer se alguém entrar na trincheira? Puxo rapidamente a pequena adaga, agarro-a com força e a escondo de novo na lama, segurando-a. Se alguém pular, vou esfaqueá-lo sem rodeios, isso martela a minha cabeça, furar a garganta de imediato para que não possa gritar, não tem outro jeito, ele vai ficar tão assustado quanto eu, e vamos pular um sobre o outro por puro medo, por isso tenho que reagir primeiro.

Agora nossas baterias disparam. Uma estoura perto de mim. Isso me deixa enlouquecido, era o que me faltava: ser atingido por granadas do meu lado; solto um xingamento e avanço na terra, tenho um acesso de raiva furioso, enfim, tudo o que consigo fazer é gemer e implorar.

As explosões das granadas atingem meus ouvidos. Se nosso pessoal contra-atacar, serei salvo. Encosto a cabeça no chão e ouço um baque surdo como explosões distantes de pedreiras – e a levanto de novo para ouvir melhor.

As metralhadoras matraqueiam. Sei que nossas cercas de arame farpado são fortes e estão quase intactas; partes delas são eletrificadas por uma corrente de alta tensão. As rajadas de metralhadora aumentam. Eles não conseguem passar, precisam voltar. Afundo de novo, tenso ao máximo. O ruído de estrondos, de gente rastejando, os estalos metálicos se tornam audíveis. Um único grito estridente ressoa em meio a tudo isso. Os inimigos estão sendo metralhados, e o ataque é repelido.

As coisas ficam um pouco mais claras. Ouço passos apressados perto de onde estou. Os primeiros já foram. Chegam outros. Os disparos das metralhadoras viram uma corrente ininterrupta. Estou prestes a me virar um pouco quando vem um estrondo, e um corpo cai pesado e com estrépito na trincheira, desliza, rola sobre mim...

Não penso em nada, não tomo nenhuma decisão – empurro com fúria e sinto apenas o corpo se contorcer e, em seguida, amolecer e cair. Minha mão está pegajosa e molhada quando recobro os sentidos.

O outro arqueja. Parece-me que ele está urrando, que cada respiração é como um grito, um estrondo, mas são só as minhas veias palpitando. Quero cobrir sua boca, enfiar terra nela, esfaqueá-lo de novo, ele tinha que ficar quieto, está revelando que estou aqui, mas me recobro com tanta lucidez que de repente fico muito fraco e não consigo levantar a mão na direção dele.

Então rastejo até o canto mais distante e fico lá, olhos fixos no homem, segurando a faca, pronto para atacá-lo de novo, caso se mova, mas ele não fará mais nada, pelos ruídos eu consigo saber.

Mal posso enxergá-lo. Quero uma coisa apenas: sair daqui. Se não for logo, vai amanhecer; agora já está difícil. Ao tentar levantar a cabeça, já vejo a impossibilidade. O fogo das metralhadoras é tão cerrado que eu viraria uma peneira antes de dar um pulo.

Tento de novo com meu capacete, que ergo um pouco para determinar a altura dos projéteis. Um momento depois, ele é derrubado da minha mão por uma bala. Portanto as rajadas estão passando rente ao solo. Não estou longe o bastante da posição inimiga para evitar ser pego pelos atiradores se tentar escapar.

A claridade aumenta. Aguardo com fervor um ataque dos nossos. Os nós dos meus dedos estão brancos, então eu aperto as mãos, implorando que o fogo cerrado pare e meus companheiros cheguem.

Os minutos escoam com vagar. Não ouso mais olhar para a figura escura na trincheira. Tenso, encaro o nada e espero, espero. As balas sibilam, são uma rede de aço, não cessam, não cessam nunca.

Então, vejo minha mão ensanguentada e, de repente, me sinto mal. Pego um pouco de terra e esfrego na pele, ao menos minha mão está suja agora e não é mais possível ver o sangue.

O fogo não cede. Agora, é intenso dos dois lados, sem diferença. Provavelmente meus camaradas já me deram por perdido há muito tempo.

É uma manhã clara, cinzenta. O arquejar continua. Tapo meus ouvidos, mas logo tiro os dedos porque senão também não consigo ouvir o resto. A figura à minha frente se move. Tenho um sobressalto e, sem querer, a encaro. Meus olhos se fixam nele. Um homem de bigodinho está deitado ali, a cabeça caída para o lado, um braço meio dobrado, a cabeça pousada nele, imóvel. A outra mão, ensanguentada, está sobre o peito.

Está morto, digo a mim mesmo, deve estar morto, não sente mais nada – aqueles estertores são apenas seu corpo. Mas a cabeça tenta se erguer, os gemidos aumentam por um momento, em seguida a testa afunda de volta sobre o braço. O homem não está morto; está morrendo, mas não está morto. Rastejo até chegar mais perto dele, paro, me apoio com as mãos, deslizo um pouco mais, espero – avanço por um caminho horrível de três metros, um caminho longo e horrível. Por fim, estou ao lado dele.

Então ele abre os olhos. Deve ter me ouvido e me olha com uma expressão aterrorizada. O corpo está imóvel, mas há um desejo de fuga tão tremendo nos seus olhos que por um momento acho que eles teriam força para arrastar o corpo para longe. Centenas de quilômetros de distância em um único solavanco. O corpo está parado, completamente inerte, sem um som agora, o arquejo parou, mas os olhos gritam, rugem, neles está reunida toda a vida em um esforço inimaginável para escapar, em um horror terrível frente à morte, frente a mim.

Estendo as pernas e caio sobre os cotovelos:

– Não, não – sussurro.

Os olhos me acompanham. Sou incapaz de fazer um movimento enquanto eles estão fixados em mim.

A mão dele se afasta devagar do peito, só um pouco, afunda alguns centímetros, mas esse movimento dissolve a violência dos olhos. Inclino-me para frente, balanço a cabeça e sussurro:

– Não, não, não.

Levanto a mão, tenho que mostrar a ele que quero ajudá-lo e passo a mão em sua testa.

Os olhos piscam várias vezes quando veem a mão, em seguida perdem a fixidez, os cílios cedem, a tensão diminui. Abro seu colarinho e ajusto a cabeça para uma posição mais confortável.

A boca está entreaberta, tentando formar palavras. Os lábios estão secos. Meu cantil não está aqui, não o trouxe comigo. Mas há água na lama no fundo da trincheira. Puxo meu lenço, estendo-o, pressiono-o lá embaixo e faço uma concha com a mão para recolher a água amarela que escorre.

Ele engole. Pego mais. Depois, desabotoo seu casaco para enfaixá-lo, se possível. Sem dúvida preciso fazer isso para que, se eu for pego, eles vejam que eu estava tentando ajudá-lo e não atirem em mim. Ele tenta se defender, mas sua mão está muito fraca. A camisa está colada e não pode ser retirada, os botões são nas costas. Portanto, só me resta rasgá-la.

Procuro a faca e a encontro novamente. Porém, quando começo a cortar a camisa, os olhos se abrem de novo, há gritos e a expressão insana, então preciso fechá-los, apertá-los e sussurrar:

– Quero ajudá-lo, companheiro, *camarade, camarade, camarade* – insisto nessa palavra para que ele entenda.

Foram três punhaladas. Minhas bandagens as cobrem, o sangue escorre por baixo, eu as pressiono com mais força, e ele geme. É tudo o que posso fazer. Temos que esperar agora, esperar.

O que são essas horas? O arquejo recomeça – como demora para uma pessoa morrer! Pois disso tenho certeza: ele não tem salvação. Tentei me convencer do contrário, mas, ao meio-dia, essa pretensão é desfeita, despedaçada por seus gemidos. Se ao menos não tivesse perdido meu revólver enquanto rastejava, eu atiraria nele. Não vou conseguir esfaqueá-lo.

Ao meio-dia, no limite dos meus pensamentos, cochilo. A fome me revira, quase choro de vontade de comer, não consigo aguentar. Várias vezes pego água para o moribundo e bebo eu mesmo dela.

É a primeira pessoa que matei com minhas mãos e cuja morte consigo claramente ver que foi minha culpa. Kat, Kropp e Müller já viram quando abateram alguém, muitos sentem o mesmo em combates corpo a corpo...

No entanto, cada suspiro é de cortar o coração. Este moribundo tem tempo, uma faca invisível que usa para me machucar: o tempo e meus pensamentos.

Daria qualquer coisa para que ele vivesse. É difícil ficar ali, deitado, e ter que vê-lo e ouvi-lo.

Às três da tarde, ele morre.

Aliviado, respiro. Mas apenas por pouco tempo. Logo o silêncio parece ainda mais difícil de suportar que os gemidos. Eu gostaria que o ruído voltasse, intermitente, rouco, primeiro um assobio baixo, depois rouco e alto novamente.

É inútil o que estou fazendo. Mas preciso de algo para me ocupar. Por isso, torno a ajeitar o morto para que ele fique mais confortável, embora não sinta mais nada. Fecho seus olhos. São castanhos, o cabelo é preto, levemente encaracolado nas laterais.

A boca é carnuda e macia sob o bigode, o nariz é um pouco curvado, a pele é morena, não parece tão pálida agora como era quando estava vivo. Por um momento, o rosto parece quase saudável – depois, rapidamente se degenera em uma daquelas feições estranhas da morte que tenho visto tantas vezes e que são todas iguais.

Sua mulher deve estar pensando nele agora; não sabe o que aconteceu. Ele parece do tipo que escreve com frequência; e também ela ainda receberá correspondência dele, amanhã, em uma semana, talvez uma carta perdida em um mês. Ela vai lê-la, e vai parecer que ele fala com ela.

Minha situação está cada vez pior, não consigo mais conter os pensamentos. Como é essa mulher? Como a morena magra do outro lado do canal? Ela não me pertence? Talvez seja minha agora! Se ao menos Kantorek estivesse sentado aqui ao meu lado! Se minha mãe me visse assim. O morto certamente poderia ter vivido mais trinta anos se eu tivesse memorizado o caminho de volta com mais clareza. Se ele tivesse andado mais dois metros para a esquerda, estaria agora deitado ali, na trincheira, escrevendo uma nova carta para sua mulher.

Mas não consigo ir além disso, pois esse é o destino de todos nós; se Kemmerich tivesse mantido a perna dez centímetros mais à direita, se Haie tivesse se inclinado cinco centímetros mais para a frente...

O silêncio se estende. Eu falo, preciso falar. Então me dirijo a ele e digo:

— Camarada, eu não quis matá-lo. Se pulasse aqui de novo, eu não faria isso, e você também não, se fosse sensato. Mas antes você era apenas um pensamento para mim, uma combinação de possibilidades que vivia no meu cérebro e tomou uma decisão... eu esfaqueei essa combinação. Só agora vejo que você é humano como eu. Pensei em suas granadas de mão, em sua baioneta e suas armas... agora vejo sua mulher e seu rosto e o que temos em comum. Me perdoe, camarada! A gente sempre enxerga essas coisas tarde demais. Por que não nos dizem que vocês são tão coitados quanto nós, que suas mães têm tanto medo quanto as nossas e que nós temos o mesmo medo da morte e morremos do mesmo jeito, e sofremos do mesmo jeito? Me perdoe, camarada, como você pôde ser meu inimigo? Se jogarmos fora essas armas e esse uniforme, você poderia ter sido meu irmão, como Kat e Albert. Tire vinte anos de mim, camarada, se levante... pegue mais, pois não sei o que fazer com tantos anos.

Tudo silencia, o front está calmo, exceto pelo matraquear das metralhadoras. Os disparos são contínuos, os tiros não são aleatórios, mas direcionados para todos os lados. Não consigo sair daqui.

— Quero escrever para sua mulher – digo ao morto de um jeito precipitado –, quero escrever para ela, ela deve saber por mim, quero lhe contar tudo o que estou falando para você, ela não precisa sofrer, quero ajudá-la, e também os seus pais, e o seu filho…

Seu uniforme ainda está meio aberto. É fácil de encontrar sua carteira. Mas hesito em abri-la. Nela está a caderneta com seu nome. Enquanto não souber o nome dele, talvez eu ainda consiga esquecê-lo, o tempo apagará essa imagem. Mas o nome dele é um prego que será cravado em mim e nunca mais poderá ser retirado. Ele terá o poder de invocar tudo isso de novo, várias vezes, sempre será capaz de voltar e se postar diante de mim.

Sem me decidir, seguro a carteira na mão. Ela cai e se abre. Algumas fotos e cartas caem. Pego-as e quero colocá-las de volta, mas a pressão em que me encontro, toda a situação incerta, a fome, o perigo, essas horas com o morto me deixaram desesperado, quero acelerar a resolução, aumentar o tormento e acabar logo com ele, como alguém que bate a mão insuportavelmente dolorida em uma árvore, sem se importar com o que acontecerá depois.

São fotos de uma mulher e uma garotinha, pequenas fotografias amadoras tiradas diante de uma parede com trepadeiras. Junto delas, há cartas. Eu as pego e tento lê-las. Não entendo a maior parte, é difícil decifrar, só sei um pouco de francês. Mas cada palavra que traduzo vem como um tiro no peito… como uma facada no peito…

Minha cabeça está completamente sobrecarregada. Mas ainda tenho lucidez a ponto de saber que nunca escreverei para essas pessoas como pretendia. Impossível. Olho para os retratos de novo; não são pessoas ricas. Eu posso enviar dinheiro a elas anonimamente se ganhar algo mais tarde. É a isso que me apego, pelo menos é um ponto de apoio. Este morto está ligado à minha vida, então devo fazer e prometer tudo para me salvar; juro cegamente que só quero estar lá para ele e sua família – falo com ele com os lábios úmidos e, no fundo, tenho a esperança de pagar por minha liberdade e talvez sair daqui, uma pequena desonestidade que sempre poderá ser flagrada depois. E, então, abro a caderneta e leio devagar: Gérard Duval, tipógrafo.

Anoto o endereço em um envelope com o lápis do morto e, de repente, com rapidez, enfio tudo de volta em seu casaco.

Matei o tipógrafo Gérard Duval. Preciso virar tipógrafo, penso, confuso, me tornar um tipógrafo, tipógrafo...

Fico mais calmo à tarde. Meu medo era infundado. O nome já não me confunde. O ataque de loucura passa.

– Camarada – digo ao morto, mas tranquilo. – Hoje é você, amanhã sou eu. Mas, se eu sair dessa, camarada, quero lutar contra o que nos destroçou: tirou a sua vida... e a minha...? Também. Juro, camarada. Isso nunca pode acontecer de novo.

O sol incide na diagonal. Estou entorpecido pela exaustão e pela fome. O dia de ontem é como uma névoa para mim, não tenho esperança de sair daqui. Então eu cochilo, sem perceber que logo será noite. O crepúsculo está chegando. Parece-me rápido agora. Mais uma hora. Se fosse verão, três horas. Mais uma hora.

De repente, começo a tremer por algo que pode acontecer nesse meio-tempo. Não penso mais no morto, não ligo para ele. A sede de viver surge de supetão, e diante dela tudo o que planejei derrete. Só para não ter ainda mais azar é que balbucio de forma mecânica:

– Vou cumprir tudo o que prometi... – Mas já sei que não cumprirei.

Ocorre-me, de súbito, que meus camaradas podem atirar em mim se eu sair daqui rastejando, pois não sabem que estou aqui. Vou gritar assim que possível para que saibam que sou eu. Vou ficar deitado diante da trincheira até que me respondam.

A primeira estrela. O front permanece tranquilo. Dou um suspiro de alívio e falo comigo mesmo, entusiasmado:

– Não seja estúpido agora, Paul... tenha calma, Paul, tenha calma, e você estará a salvo, Paul.

Funciona quando falo meu nome, é como se outra pessoa estivesse fazendo isso, e tem mais força.

A escuridão aumenta, minha excitação diminui, espero com cautela até que os primeiros foguetes subam. Então rastejo para fora da cratera. Esqueci o morto. À minha frente, o início da noite e o campo com aquela iluminação pálida. Vejo um buraco; no momento em que a luz se apaga, corro até ele, continuo tateando, vislumbro o próximo, me agacho, continuo a correr.

Estou me aproximando. Sob a luz de um foguete, vejo alguma coisa se movendo junto ao arame farpado, até que ela para e fico imóvel. Na próxima vez, vejo a mesma coisa, sem dúvida são camaradas da nossa trincheira. Mas tomo cuidado até reconhecer os nossos capacetes. Então, eu grito.

De pronto, como resposta, meu nome ressoa:
– Paul... Paul...

Grito de novo. São Kat e Albert, que saíram com uma lona de barraca para me procurar.

– Você está ferido?
– Não, não...

Deslizamos para dentro da trincheira. Peço comida e a devoro. Müller me dá um cigarro. Conto em poucas palavras o que aconteceu. Não é nada de novo, já aconteceu muitas vezes. Só o ataque noturno é novidade. Mas Kat, na Rússia, já ficou preso dois dias atrás do front russo sem conseguir avançar.

Não falo nada sobre o tipógrafo morto.

Só até a manhã seguinte, pois não aguento mais. Tenho que contar a Kat e Albert. Os dois me acalmam:

– Você não pode fazer nada a respeito. O que queria fazer de diferente? É para isso que você está aqui!

Eu os escuto, me sentindo seguro, reconfortado ao lado deles. Quanta bobagem balbuciei lá naquela trincheira com o morto.

– Olhem lá – Kat aponta.

Nos parapeitos das trincheiras há alguns franco-atiradores. Têm fuzis com mira telescópica e estão vigiando a posição inimiga. De vez em quando, um tiro ressoa. Em seguida, ouvimos exclamações.

– Na mosca?

– Viu o pulo que ele deu?

O sargento Oellrich vira-se com orgulho e anota sua pontuação. Ele lidera a lista de tiros de hoje com três acertos impecáveis.

– O que acha disso? – pergunta Kat.

Faço um gesto afirmativo com a cabeça.

– Se continuar assim, vai ter mais um passarinho colorido na lapela hoje à noite – comenta Kropp.

– Ou logo vai virar primeiro-sargento – acrescenta Kat.

Nós nos olhamos.

– Eu não faria isso – confesso.

– Mesmo assim – diz Kat –, é muito bom que você esteja vendo isso agora.

O sargento Oellrich volta ao parapeito. O cano de seu fuzil corre de um lado para o outro.

– Você não precisa mais dizer uma palavra sobre esse assunto – Albert acena com a cabeça.

Já não compreendo mais nada.

– Foi só porque tive que ficar com ele por muito tempo – comento. Afinal, guerra é guerra.

O rifle de Oellrich dispara um tiro breve e seco.

10

Conseguimos uma boa posição. Com oito homens, fomos destacados para vigiar uma aldeia que foi evacuada porque está sendo intensamente bombardeada.

Faremos a guarda principalmente do depósito de provisões, que ainda não está vazio. Temos que pegar nossa comida daquele mesmo estoque. Somos as pessoas certas para isso – Kat, Albert, Müller, Tjaden, Leer, Detering, todo o nosso grupo está lá. No entanto, Haie está morto. Mas ainda é uma sorte tremenda, porque todos os outros destacamentos tiveram mais baixas que o nosso.

Escolhemos como abrigo um porão concretado, que acessamos por uma escada externa. A entrada ainda é protegida por uma parede de concreto.

No momento estamos envolvidos em uma grande tarefa. É mais uma oportunidade não apenas de esticar as pernas, mas também de desopilar a alma. E nós aproveitamos essas oportunidades, porque nossa situação é desesperadora demais para sentimentalismos duradouros. Só é possível quando as coisas não estão muito ruins. No entanto, só podemos ser objetivos, tão objetivos que às vezes fico enjoado quando, por um instante, um pensamento de tempos anteriores, de antes da guerra, vagueia em minha cabeça. Ele não permanece muito tempo comigo.

Devemos levar a nossa situação com o máximo de leveza possível. Por isso, aproveitamos todas as chances de fazê-lo, e, como um soco, de uma vez só, sem transição, o horror se põe ao lado do absurdo. Não conseguimos evitar, jogamo-nos nele. Agora mesmo estamos trabalhando com zelo para criar um idílio, um idílio de comer muito e dormir, claro. Em primeiro lugar, o abrigo é forrado com colchões que carregamos das casas. O traseiro de um soldado acomoda-se melhor na maciez. O chão permanece livre apenas no meio do cômodo. Nele, temos cobertores e colchas, coisas maravilhosas e fofas. Há tudo em abundância na aldeia. Albert e eu encontramos uma cama desmontável de mogno com dossel de seda azul e manta de renda. Suamos em bicas ao transportá-la, mas não se pode perder algo assim, especialmente porque com certeza seria destruída em poucos dias.

Kat e eu fazemos uma pequena patrulha pelas casas. Em pouco tempo, temos uma dúzia de ovos e um quilo de manteiga bem fresca. De repente, ouvimos um estrondo em um salão, e um fogão de ferro atravessa uma parede, zunindo, passa a um metro de nós e em seguida atravessa outra parede. Dois buracos. Ele saiu da casa do outro lado da rua, que foi atingida por uma granada.

– Foi por um triz – Kat sorri, e continuamos nossa busca. De repente, ficamos de orelha em pé e andamos mais rápido. Logo em seguida entramos em uma espécie de transe: dois leitões vivos saltitam num pequeno celeiro. Esfregamos os olhos e conferimos de novo com cuidado: é verdade, ainda estão lá. Nós os tocamos – sem dúvida são dois leitões de verdade.

Serão uma refeição maravilhosa. A cerca de cinquenta passos de nosso abrigo há uma pequena casa que servia de alojamento para oficiais. A cozinha tem um enorme fogão com duas grelhas, frigideiras, panelas e caldeirões. Tem de tudo lá, até uma enorme quantidade de lenha cortada em um galpão – o verdadeiro paraíso.

Dois homens estão nos campos desde a manhã à procura de batatas, cenouras e ervilhas novas. Pois nos acostumamos com o luxo e não damos a mínima para os enlatados do depósito de provisões, queremos coisas frescas. Já há duas cabeças de couve-flor na despensa. Os leitões foram abatidos, Kat se encarregou disso. Queremos fazer bolinhos de batata para acompanhar o assado, mas não encontramos raladores para as batatas. Isso também é logo remediado. Com o auxílio de pregos fazemos vários furos em algumas tampas de lata e eis nossos raladores. Três homens calçam luvas grossas para proteger os dedos ao ralar, outros dois descascam batatas e, rapidamente, ajeitamos tudo.

Kat cuida dos leitões, das cenouras, das ervilhas e da couve-flor. Até faz um molho branco para a couve-flor. Eu preparo bolinhos, quatro de cada vez. Depois de dez minutos, descubro como sacudir a frigideira para que os bolinhos prontos de um lado voem, girem no ar e voltem para a frigideira. Os leitões são assados inteiros. Tudo está distribuído ao redor deles como se num altar.

Nesse meio-tempo, chegaram visitantes: dois operadores de rádio que são generosamente convidados para comer conosco. Estão sentados na sala de estar, onde há um piano. Um toca, o outro canta a popular "Às margens do Weser". Confere um tom emocionado à música, mas com um forte sotaque saxão. No entanto, ficamos tocados com a canção enquanto preparamos todas aquelas coisas lindas ao pé do fogão.

Aos poucos percebemos que metemos os pés pelas mãos. Os balões cativos flagraram a fumaça da nossa chaminé e estamos sendo bombardeados. São aqueles malditos monstrinhos que se espalham, fazem um buraco muito pequeno e lançam a carga longe. Assobiam ao nosso redor, cada vez mais próximos, mas não podemos abandonar a comida. O grupo se junta. Alguns estilhaços entram zunindo pela janela da cozinha. Em breve, terminaremos o assado. Mas fica mais difícil fazer os bolinhos. Os impactos chegam tão densos que os estilhaços batem contra a parede da casa e voam pelas janelas com cada vez mais frequência. Toda vez que ouço um assobio, fico de joelhos com a frigideira e os bolinhos e me agacho atrás da parede da janela. Depois eu me levanto rápido e continuo com a fritura.

Os saxões param de tocar, um estilhaço voou no piano. Também gradualmente terminamos os preparos e organizamos a retirada. Depois do impacto seguinte, dois homens correm os cinquenta metros até o abrigo com as panelas de legumes. Vemos os dois desaparecerem.

Outra explosão. Todos se abaixam e, então, dois homens, cada um com um grande bule de café de primeira, saem trotando e entram no abrigo antes do impacto seguinte.

Agora, Kat e Kropp pegam a *pièce de résistance*: a panela grande com os leitões assados. Um uivo, se ajoelham no chão e já estão correndo os cinquenta metros de campo aberto.

Ainda estou terminando meus últimos quatro bolinhos; duas vezes eu tenho que me lançar ao chão, mas são mais quatro bolinhos, e essa é a minha comida favorita.

Então eu pego o prato com a pilha alta de bolinhos e me esgueiro atrás da porta da frente. Ouço silvos, estalos, e saio em disparada, segurando o prato contra o peito com as duas mãos. Estou quase chegando quando o assobio fica mais alto, dou um galope como um cervo, contorno a parede de concreto, bato na parede, caio pela escada do porão, meus cotovelos ficam esfolados, mas não perdi um único bolinho e não derrubei o prato.

Começamos a comer às duas horas. O banquete dura até as seis. Tomamos café; café dos oficiais do depósito de provisões, fumamos charutos e cigarros dos oficiais – vindos de lá também – até as seis e meia. Às seis e meia em ponto, começamos o jantar. Às dez horas, jogamos os ossos dos leitões na frente da porta. Depois, tomamos conhaque e rum, também do bendito depósito, e voltamos aos longos e gordos charutos com suas cintas. Tjaden afirma que apenas uma coisa está faltando: garotas de um bordel para oficiais.

Tarde da noite ouvimos miados. Um gatinho cinza está parado na entrada. Nós o atraímos e o alimentamos, o que nos deixa com fome também. Vamos dormir ainda mastigando.

Contudo, a noite é ruim. Comemos gordura demais. Leitão fresco é agressivo para os intestinos. É um constante vai e vem no abrigo. Dois ou três homens ficam sentados o tempo todo do lado de fora com as calças arriadas, praguejando. Eu mesmo tive que sair nove vezes. Por volta das quatro horas da manhã, batemos um recorde: todos os onze homens, sentinelas e visitantes, estão acocorados do lado de fora.

Casas em chamas são como tochas na noite. Granadas estrondam. Caminhões de munição passam desabalados pela estrada. Um lado do depósito de provisões foi destruído por uma explosão. Como um enxame de abelhas, os condutores de caminhões aglomeram-se ali, apesar de todos os estilhaços, e roubam pão. Vamos deixar que se sirvam à vontade. Se disséssemos alguma coisa, no máximo levaríamos uma bela surra. Por isso, fazemos diferente. Explicamos que somos sentinelas e, como sabemos o jeito que as coisas funcionam, chegamos com as conservas, que trocamos por coisas que nos faltam.

O que importa? Em pouco tempo, tudo será derrubado pelas bombas de qualquer maneira. Para nós, pegamos as barras de chocolate do depósito e as comemos. Kat diz que é bom para o desarranjo.

Passamos quase catorze dias comendo, bebendo e vadiando. Ninguém nos incomoda. A aldeia está desaparecendo aos poucos sob os ataques de granadas e levamos uma vida feliz. Desde que uma parte do depósito de provisões continue de pé, não nos importamos e apenas desejamos ver o fim da guerra aqui.

Tjaden está tão refinado que fuma apenas metade dos charutos. Explica de um jeito arrogante que está acostumado com isso. Kat também está muito animado. Seu primeiro chamado pela manhã é: "Emil, traga caviar e café". Parecemos extraordinariamente sofisticados, todo mundo trata o outro como ordenança, tratando-o por "senhor" e lhe dando ordens:

— Kropp, a sola do meu pé está coçando, livre-se do piolho — disse Leer, esticando a perna como uma atriz, e Albert o arrasta escada acima.

— Tjaden!

— O quê?

— Descansar, Tjaden. E não se diz "o quê", mas sim, "às ordens". Então: Tjaden!

Tjaden recorre a uma apresentação de um pequeno trecho da peça *Götz von Berlichingen da mão de ferro*, de Goethe, que carrega sempre consigo.

Depois de mais oito dias, recebemos ordens de retirada. Assim, termina a glória. Dois grandes caminhões nos buscam. Estão carregados com tábuas até o alto. Mas, além disso, Albert e eu embarcamos nossa cama de dossel com dossel de seda azul, colchões e duas colchas de renda. Atrás da cabeceira há uma bolsa com a melhor comida para todos. Às vezes, nós a apalpamos, e as salsichas defumadas duras, as latas de chouriço, as conservas, as caixas de charutos alegram nosso coração. Cada um também leva uma bolsa cheia para si.

Kropp e eu ainda salvamos duas poltronas de veludo vermelho. Ficam sobre a cama e relaxamos nelas como em um camarote de teatro. Acima de nós, a seda do dossel ondula. Todo mundo tem um longo charuto na boca. Então olhamos ao redor lá do alto.

Entre nós está uma gaiola de papagaio que encontramos para o gato que trouxemos. Ele fica deitado diante de sua tigela de carne e ronrona.

Os carros avançam devagar pela rua. Nós cantamos. Atrás de nós, as granadas pulverizam as fontes da aldeia, agora completamente deserta.

Dias depois, saímos para evacuar outra vila. No caminho, encontramos em fuga os moradores expulsos. Carregam seus pertences em carroças, em carrinhos de bebê e nas costas. Seguem curvados, os rostos cheios de tristeza, desespero, pressa e resignação. As crianças agarram-se às mãos das mães, às vezes uma menina mais velha conduz os menores, que avançam cambaleando e olham para trás o tempo todo. Algumas crianças carregam consigo risíveis bonecas. Todos silenciam ao passar por nós.

Ainda estamos em coluna de marcha, os franceses não vão bombardear uma aldeia onde há compatriotas. No entanto, alguns minutos depois, o ar começa a uivar, a terra treme, gritos são ouvidos – uma granada despedaçou o pelotão da retaguarda. Nós nos separamos e nos jogamos no chão, mas, ao mesmo tempo, sinto a tensão que, durante os bombardeios, sempre me obriga a fazer a coisa certa de forma inconsciente; o pensamento "você está perdido" faz com que eu me contorça com um medo terrível e asfixiante – e, no momento seguinte, algo parecido com um golpe de chicote varre minha perna esquerda. Ouço Albert gritar, ele está ao meu lado.

– Vamos, Albert! – grito, porque estamos deitados e desprotegidos em campo aberto.

Ele cambaleia e corre. Mantenho-me ao lado dele. Temos que atravessar uma cerca viva que é mais alta que nós. Kropp agarra os galhos, eu agarro sua perna, ele grita, dou impulso, ele voa por sobre a cerca. Salto atrás dele e caio em um laguinho atrás da cerca viva.

Estamos cobertos de lentilha-d'água e lama, mas a cobertura é boa. Mergulhamos até o pescoço. Quando ouvimos os uivos, afundamos a cabeça na água.

Depois de fazer isso uma dúzia de vezes, fico exausto. Albert geme também:

– Vamos, senão vou afundar e morrer afogado.

– Onde você foi atingido? – pergunto.

– No joelho, acho.

– Consegue andar?

– Acho que sim...

– Então vamos.

Chegamos à vala paralela à estrada e corremos ao longo dela, curvados. O fogo nos segue. A via aponta para o depósito de munição. Se explodir, não encontrarão nenhum botão nosso para contar história. Portanto mudamos nosso plano e atravessamos o campo na diagonal.

Albert desacelera:

– Corra, já sigo você – diz ele e se joga no chão.

Puxo seu braço e o chacoalho:

– Levante-se, Albert, pois se deitar, não vai avançar mais. Vamos, eu escoro você.

Por fim, chegamos a um pequeno abrigo. Kropp joga-se no chão, e eu o enfaixo. O tiro acertou logo acima do joelho. Então olho para mim mesmo. Minhas calças estão ensanguentadas, assim como o braço. Albert passa suas ataduras em mim, tapando os buracos. Ele não consegue mais mexer a perna, e nos perguntamos como chegamos aqui. Foi simplesmente assustador; teríamos fugido mesmo se nossos pés tivessem sido baleados – mesmo sobre cotos.

Ainda consigo rastejar um pouco e grito na direção de uma carroça que passa para nos dar uma carona. Ela está cheia de feridos. Há nela um enfermeiro, que aplica uma injeção antitetânica em nosso peito.

No hospital de campanha, damos um jeito de ficar um ao lado do outro. Há uma sopa rala que tomamos com avidez e desdém ao mesmo tempo, porque, embora tenhamos nos acostumado a tempos melhores, ainda estamos com fome.

– Agora vamos para casa, Albert – digo.

– Que assim seja – responde ele. – Se ao menos eu soubesse o que tenho.

As dores pioram. As bandagens ardem como fogo. Bebemos um copo d'água após o outro.

– A que distância o tiro está do meu joelho? – questiona Kropp.

– Pelo menos dez centímetros, Albert – respondo. Na realidade, talvez sejam três.

– Já me decidi – diz ele depois de um tempo –, se tirarem um osso de mim, eu acabo com tudo. Não quero andar pelo mundo como um aleijado.

Então ficamos deitados, imersos em pensamentos, e esperamos.

À noite, somos levados ao matadouro. Tomo um susto e rapidamente me ponho a pensar no que fazer, pois todos sabem que os médicos dos hospitais de campanha amputam sem pensar duas vezes. Com tantas pessoas, é mais fácil do que fazer remendos complicados. Kemmerich me vem à mente. De jeito nenhum vou deixar que me entorpeçam com clorofórmio, mesmo que precise quebrar a cabeça de algumas pessoas.

Tudo está indo bem. O médico cutuca tanto meu ferimento que vejo tudo preto diante dos olhos.

– Não faça tanto alarde – ele repreende e continua trabalhando, fuçando na ferida. Os instrumentos cintilam à luz forte como animais malévolos. As dores são insuportáveis. Dois enfermeiros seguram meus braços, mas eu me solto de um deles e estou prestes a arrancar os óculos do médico quando ele se dá conta e salta para trás.

– Clorofórmio nesse camarada! – grita ele com raiva.

Então, eu me acalmo:

– Desculpe-me, doutor, vou ficar quieto, mas não me dê clorofórmio.

– Muito bem – balbucia ele, pegando seus instrumentos novamente. É um rapaz loiro, não tem mais de trinta anos, com cicatrizes e óculos dourados repugnantes. Percebo que agora ele está me torturando, revolvendo a ferida e olhando por cima dos óculos para mim de vez em quando. Minhas mãos apertam as alças da mesa, mas vou morrer antes que ele ouça um pio de mim.

Ele tira um estilhaço e o joga em cima de mim. Pelo visto, está satisfeito com o meu comportamento, porque agora me coloca a tala com cuidado e diz:

– Amanhã você vai para casa.

Então sou engessado. Quando reencontro Kropp, digo a ele que um trem hospitalar provavelmente chegará amanhã.

– Precisamos falar com o sargento-enfermeiro para ficarmos juntos, Albert.

Com algumas palavras apropriadas, consigo entregar dois dos meus charutos com cintas ao sargento. Ele cheira e pergunta:

– Tem mais algum desses?

– Mais um bocado – digo –, e meu camarada – aponto para Kropp – também tem. Gostaríamos de entregá-los ao senhor amanhã na janela do trem hospitalar.

Claro que ele entende, cheira de novo e diz:

– Fechado.

Não conseguimos dormir um minuto à noite. Sete pessoas morrem em nossa ala. Um canta hinos com uma voz de tenor por uma hora antes de começar a estertorar. Outro rasteja da cama até a janela. Ele se deita na frente dela como se quisesse olhar para fora pela última vez.

Nossas padiolas estão na estação. Estamos esperando o trem. Chove, e a estação não tem telhado. Os cobertores são finos. Esperamos por duas horas.

O sargento cuida de nós como uma mãe. Embora eu esteja me sentindo muito mal, não esqueço nosso plano. Aliás, deixo os pacotinhos à mostra e dou um charuto como adiantamento. Por isso, o sargento nos cobre com uma lona de barraca.

– Albert, meu velho – lembro-me –, nossa cama de dossel e o gato...

– E as poltronas – acrescenta.

Sim, as poltronas de veludo vermelhas. Nós nos sentávamos nelas como príncipes à noite e tínhamos planos de alugá-las por um cigarro a hora. Teria sido uma vida despreocupada e um belo negócio. Então, outra coisa me ocorre:

– Albert, nossas bolsas de comida.

Bate uma melancolia. Poderíamos ter desfrutado daquelas coisas. Se o trem saísse um dia depois, Kat certamente teria nos encontrado e nos trazido as bolsas.

Que destino desgraçado. Temos mingau no estômago, ração hospitalar rala, e em nossos sacos há carne de porco assada enlatada. Mas estamos tão fracos que nem conseguimos ficar nervosos.

As padiolas estão encharcadas quando o trem chega pela manhã. O sargento garante que vamos entrar no mesmo vagão. Muitas enfermeiras da Cruz Vermelha estão lá. Kropp é colocado na parte de baixo. Elas me erguem e me colocam na cama acima dele.

– Pelo amor de Deus – deixo escapar de repente.

– O que foi? – pergunta a enfermeira.

Dou outra olhada para a cama. É coberta em linho branco como a neve, linho incrivelmente limpo passado a ferro. Por outro lado, faz seis semanas que minha camisa não é lavada, está imunda.

– Não consegue subir sozinho? – pergunta a enfermeira, preocupada.

– Consigo – digo, suando –, mas tire as roupas de cama primeiro.

– Por quê?

Sinto-me um porco. Devo me deitar ali?

– É que vai… – hesito.

– Sujar um pouco? – questiona ela, me incentivando. – Não faz mal, vamos lavá-las depois.

– Não, não é isso – eu digo, agitado. Não consigo lidar com tanta civilização.

– Como o senhor ficou deitado nas trincheiras, podemos lavar as roupas de cama depois – continua ela.

Olho para ela, parece jovem e cheia de vigor, limpa e refinada, como tudo aqui; não se entende que tudo aquilo não seja apenas para oficiais, e a gente se sente estranho, até ameaçado de alguma forma.

A mulher é uma torturadora, me obriga a dizer tudo.

– É só que… – eu paro, ela decerto entende o que quero dizer.

– O que mais?

– Por causa dos piolhos – grito por fim.

Ela ri:

– Eles também merecem dias melhores.

Agora nada mais importa para mim. Subo na cama e me cubro.

Sinto aquela mão passando sob o cobertor. O sargento. Ele some com os charutos.

Depois de uma hora, percebemos que a viagem começou.

Acordo à noite. Kropp também se mexe. O trem avança silenciosamente pelos trilhos. Tudo ainda é incompreensível: uma cama, um trem, voltar para casa. Eu sussurro:

– Albert!

– Que foi…

– Sabe onde fica a latrina?

– Acho que é ali, na porta à direita.

– Vou ver.

Está escuro, procuro a beirada da cama e quero descer dela com cuidado. Mas meu pé não consegue se apoiar, eu escorrego, o gesso não ajuda, e caio no chão com um estrondo.

– Desgraça – digo.

– Você bateu em alguma coisa? – pergunta Kropp.

– Certamente você ouviu – rosno. – Minha cabeça...

A porta na parte de trás do vagão se abre. A enfermeira vem com uma luz e olha para mim.

– Ele caiu da cama...

Ela sente meu pulso e toca minha testa.

– Mas você não está com febre.

– Não... – admito.

– Você sonhou, então? – pergunta ela.

– Mais ou menos – respondo, evasivo. Vai começar o interrogatório. Ela me encara com seus olhos brilhantes, é tão limpa e maravilhosa que sinto dificuldade em lhe dizer o que quero.

Estou voltando para a cama, o que pode ser bom. Quando ela sair, vou tentar descer de novo. Se fosse velha, seria mais fácil lhe dizer, mas ela é muito jovem, tem 25 anos no máximo, não adianta, não consigo lhe falar.

É quando Albert vem em meu socorro, não se sente constrangido, afinal a vontade não é dele. Ele chama a enfermeira. Ela se vira.

– Enfermeira, ele queria... – mas Albert também não sabe se expressar de maneira decente e adequada. Entre nós, esse desejo é proferido com uma única palavra, mas aqui, na frente de uma dama como ela... De repente, porém, ele se lembra dos tempos de escola e termina com tranquilidade: – Ele precisa ir lá fora, enfermeira.

– Ah, sim – diz a enfermeira. – Como está com o gesso, não precisa sair da cama. O que você quer fazer? – me pergunta.

Fico mortificado com essa nova reviravolta, pois não tenho ideia de como nomear as coisas de um jeito técnico. A enfermeira vem em meu auxílio:

– Líquido ou sólido?

Que vergonha! Eu suo em bicas e digo, envergonhado:

– Bem, apenas líquido...

Ao menos, um pouco de sorte.

Recebo uma espécie de garrafa. Depois de algumas horas, não sou mais o único, e, pela manhã, já nos acostumamos a pedir para fazer o que precisamos sem nenhum pudor.

O trem move-se lentamente. Às vezes ele para, e os mortos são descarregados. Ele para com frequência.

Albert está com febre. Eu estou bem, tenho dores, mas o pior é que provavelmente há piolhos sob o meu gesso. Coça terrivelmente, e não consigo ter alívio.

Cochilamos durante o dia todo. A paisagem passa em silêncio pelas janelas. Na terceira noite, chegamos a Herbesthal. Ouço da enfermeira que Albert precisará ser desembarcado na próxima estação por causa da febre.

– Até onde o trem vai? – pergunto.

– Até Colônia.

– Olha só, Albert: nós vamos ficar juntos – digo.

Na próxima ronda da enfermeira, eu prendo a respiração e faço com que o ar chegue à minha cabeça, que fica inchada e vermelha. Ela se detém.

– Está sentindo dor?

– Estou – gemo. – Começou de repente.

Ela me entrega um termômetro e segue em frente. Não teria sido aluno de Kat se não soubesse o que fazer. Esses termômetros do exército não são páreo para militares experientes. É só fazer o mercúrio subir, que ele não volta a descer.

Enfio o termômetro debaixo do braço, na diagonal, e continuo apertando com o dedo indicador. Então o agito. Com isso, minha temperatura chega a 37,9 graus. Mas não basta. Um palito de fósforo aceso mantido perto do termômetro com cuidado o faz chegar a 38,7 graus.

Quando a enfermeira volta, começo a estertorar, ofegante, encaro-a com olhos um tanto fixos, me movo inquieto e sussurro:

– Não aguento mais...

Ela anota meu nome em um pedaço de papel. Sei muito bem que não abrirão meu gesso a menos que seja necessário.

Albert e eu somos desembarcados juntos.

Estamos em um hospital católico, no mesmo quarto. É a sorte grande, porque os hospitais católicos são conhecidos pelo bom tratamento e pela boa alimentação. O hospital está cheio de gente do nosso trem, há muitos casos graves. Não vamos ser examinados hoje porque não há médicos suficientes. Macas com rodinhas de borracha passam o tempo todo pelo corredor, e sempre há alguém deitado sobre elas. Uma posição maldita – por tanto tempo – que só é boa quando se está dormindo.

A noite é muito agitada. Ninguém consegue dormir. Pela manhã, cochilamos um pouco. Acordo quando o dia clareia. A porta fica aberta, e ouço vozes no corredor. Os outros também acordam. Alguém que está lá há alguns dias nos explica:

– As irmãs rezam todas as manhãs no corredor. Chamam de oração matinal. Abrem as portas para você receber sua parcela da reza.

Sem dúvida a intenção é boa, mas nossos ossos e nossas cabeças doem.

– Que bobagem – digo –, logo quando a gente adormece.

– Os casos menos graves ficam aqui em cima, por isso rezam aqui – ele responde.

Albert geme. Fico com raiva e grito:

– Calem a boca aí fora.

Depois de um minuto, uma freira aparece. Em seu traje branco e preto, parece um belo caneco de café.

– Feche a porta, irmã – alguém diz.

– As orações estão em andamento, então a porta fica aberta – ela responde.

– Mas ainda queremos dormir...

– Orar é melhor do que dormir. – Ela para ali e sorri de um jeito inocente. – Já são sete horas.

Albert geme de novo.

– Feche essa porta! – ralho.

Ela fica surpresa, não consegue entender as palavras:

– Ainda estamos orando por você.

– Que se lasque! Feche a porta!

Ela desaparece, deixando a porta aberta. A ladainha recomeça. Fico enlouquecido e digo:

– Vou contar até três. Se não parar até lá, vai voar coisa daqui.

– Daqui também – diz outro paciente.

Conto até cinco. Em seguida, pego uma garrafa, miro e a arremesso pela porta que dá para o corredor. Ela se quebra em mil pedaços. A oração para. Um enxame de freiras aparece e nos repreende com moderação.

– Fechem a porta! – gritamos.

Elas se dispersam. A pequena de antes é a última a sair.

– Ateus – rosna ela, mas fecha a porta mesmo assim. Vencemos.

Ao meio-dia, o inspetor do hospital chega e nos repreende. Promete que vai nos enviar para a cadeia e muito mais. Ora, um inspetor de hospital, assim como um inspetor de depósito de provisões, é alguém que carrega uma longa espada e ombreiras, mas na verdade é só um funcionário público e, portanto, nem mesmo é levado a sério por um recruta. Então deixamos ele falar. O que pode acontecer conosco…

– Quem jogou a garrafa? – pergunta ele.

Antes que eu possa pensar em me pronunciar, alguém diz:

– Eu!

Um homem com barba desgrenhada senta-se na cama. Todo mundo fica curioso para saber por que ele se acusou.

– O senhor?

– Sim. Fiquei irritado porque estavam nos acordando sem necessidade e perdi a noção, por isso não sabia o que estava fazendo. – Ele fala como se lesse em um livro.

– Qual o seu nome?

– Reservista Josef Hamacher.

O inspetor sai. Todos ficam curiosos:

– Por que você se acusou, se não foi você?

Ele sorri.

– Não importa. Tenho licença de caça.

Todos entendem, é claro. Qualquer pessoa com licença de caça pode fazer o que quiser.

– É – ele diz –, fui baleado na cabeça e recebi um certificado de que estava temporariamente maluco. Desde então, me aproveito disso. Ninguém pode me irritar.

Por isso, nada acontece comigo. Aquele camarada vai ficar muito bravo. E me acusei porque gostei dessa coisa de jogar a garrafa. Se abrirem a porta de novo amanhã, vamos jogar de novo.

Ficamos contentes. Com Josef Hamacher entre nós, podemos arriscar tudo.

Então as macas silenciosas e planas vêm nos buscar.

As ataduras estão coladas na pele. Berramos como bezerros.

Há oito homens em nosso quarto. Quem tem a lesão mais grave é Peter, do cabelo preto encaracolado: um tiro complicado no pulmão. Franz Wächter, que está ao lado dele, tem um ferimento a tiro no braço que não parece ruim à primeira vista, mas, na terceira noite, ele pede para tocarmos a campainha, pois acha que está sangrando.

Toco alto a campainha. A enfermeira da noite não vem. Nós a chamamos muito à noite porque todos tínhamos curativos novos e, como resultado, estávamos com dor. Um queria a perna desse jeito, outro daquele, um terceiro pedia água, um quarto precisava que lhe afofassem o travesseiro; a velha gorda por fim resmungou com raiva e bateu as portas. Agora, provavelmente está suspeitando que seja algo assim, porque não vem.

Ficamos no aguardo. Então, Franz diz:

– Toque a campainha de novo.

Eu toco. Nem sinal dela. Há apenas uma enfermeira em nossa ala à noite, talvez esteja ocupada em outros quartos.

– Tem certeza de que está sangrando, Franz? – pergunto. – Do contrário, vamos arranjar dor de cabeça de novo.

– Está molhado. Alguém pode acender a luz?

Também não funciona. O interruptor fica ao lado da porta, e ninguém consegue se levantar. Enfio o meu polegar na campainha até ficar dormente. Talvez a irmã tenha cochilado. Elas têm muito trabalho e estão todas sobrecarregadas, mesmo durante o dia. Sem falar na oração constante.

– Vamos jogar garrafas? – pergunta Josef Hamacher, o da licença de caça.

– Se não ouve a campainha, as garrafas, muito menos.

Finalmente a porta se abre. A velha parece mal-humorada. Quando entende a história de Franz, ela se apressa e grita:

– Por que ninguém me chamou?

– Tocamos a campainha. Ninguém aqui consegue andar.

Ele sangrou em profusão e está sendo enfaixado. De manhã, vemos seu rosto, está mais afilado e amarelo, mas à noite parecia quase saudável. Agora, uma freira vem com mais frequência.

Às vezes também há enfermeiras auxiliares da Cruz Vermelha. São bem-humoradas, mas um pouco desajeitadas. Frequentemente nos machucam ao nos mover e ficam tão assustadas que é ainda pior.

As freiras são mais confiáveis. Sabem como tocar, mas gostaríamos que fossem um pouco mais divertidas. Algumas até têm humor, são ótimas. Quem não faria todos os favores à Irmã Libertine, aquela linda irmã que espalha alegria pela ala mesmo quando só é vista de longe? E há várias como ela. Caminharíamos sob fogo cerrado por elas. Realmente não dá para reclamar, somos tratados como civis aqui pelas freiras. Por outro lado, quando pensamos nos hospitais de campanha, em que é preciso ficar deitado na cama com as mãos amarradas, temos arrepios.

Franz Wächter não recupera as forças. Um dia ele é levado e não volta. Josef Hamacher já sabe:

– Não vamos ver o rapaz de novo. Levaram ele para o quarto da morte.

– Que quarto da morte? – pergunta Kropp.

– Bem, o quarto onde se morre...

– Como assim?

– O quartinho no canto da ala. Qualquer um que estiver prestes a comer grama pela raiz é levado para lá. Há duas camas lá. Em todos os lugares é chamado de quarto da morte.

– Mas por que fazem isso?

– Porque não dá tanto trabalho depois. Também é mais conveniente porque fica ao lado do elevador para o necrotério. Talvez também façam isso para que ninguém morra nos quartos, por causa dos outros. É possível vigiar melhor a pessoa quando está deitada, sozinha.

– Mas, e o moribundo?

Josef dá de ombros:

– Geralmente, ele não percebe muita coisa mais.

– Todo mundo sabe disso?

– Claro, quem está aqui há mais tempo sabe.

À tarde, a roupa da cama de Franz Wächter é trocada. Depois de alguns dias, eles trazem um paciente novo. Josef faz um movimento significativo com a mão. Vemos muitos indo e vindo.

Às vezes, os parentes sentam-se ao lado da cama e choram ou falam baixinho, constrangidos. Uma velha não quer ir embora, mas não pode pernoitar ali. Na manhã seguinte, chega muito cedo, mas não cedo o bastante, porque, quando ela se aproxima do leito, já há outra pessoa nele. Ela é obrigada a se dirigir ao necrotério. Entrega para nós as maçãs que havia trazido.

O pequeno Peter também piora. Sua temperatura não se comporta bem, e um dia a padiola com rodinhas está estacionada ao lado da cama dele.

– Para onde vamos? – pergunta ele.

– Para o ambulatório.

Ele é levantado. Mas a enfermeira comete o erro de tirar o casacão do gancho e colocá-lo também no carrinho, para não ter que voltar ali. Peter percebe o que está acontecendo e quer sair do carrinho:

– Vou ficar aqui!

Prendem-no ao carrinho. Ele tenta gritar com seus pulmões alvejados:

– Não quero ir para a sala da morte.

– Nós vamos para o ambulatório.

– Então por que precisam do meu casacão? – ele não consegue mais falar. Com a voz rouca, agitada, ele sussurra: – Me deixem aqui!

Não respondem e levam-no embora. Na frente da porta, ele tenta se levantar. Seus cabelos pretos encaracolados se agitam, os olhos ficam cheios de lágrimas.

– Eu volto! Eu volto! – grita ele.

A porta se fecha. Ficamos todos agitados, mas calados. Por fim, Josef diz:

– Muitos já disseram isso. Uma vez lá dentro, ninguém escapa.

Sou submetido a uma cirurgia e vomito por dois dias inteiros. Diz o auxiliar do médico que meus ossos não querem se consolidar. Outro, que eles se consolidam errado e precisam ser quebrados de novo. É terrível.

Entre os recém-chegados, estão dois jovens soldados com pés chatos. Durante a ronda da enfermaria, o médico-chefe os descobre e para com alegria.

– Vamos resolver isso – diz ele –, faremos uma pequena operação e vocês terão pés saudáveis. Anote, irmã.

Quando ele se afasta, Josef, que tudo sabe, avisa:

– Não deixem que operem vocês! O velho tem mania de operar. É louco por qualquer candidato que consiga para isso. Ele vai operar seus pés chatos, e vocês não vão ter mais esse problema, pois vão ficar com os pés tortos e precisarão caminhar de bengala pelo resto da vida.

– Então o que fazemos? – pergunta um deles.

– Fale que não! Você está aqui para se curar dos tiros, não de pés chatos! Já não tinha pés chatos no campo de batalha? Ora, estão vendo? Conseguem andar agora, mas, assim que o velho passar vocês na faca, vão ficar aleijados. Ele precisa de cobaias, então a guerra é um grande acontecimento para ele, como para todos os médicos. Dá uma olhada na ala lá de baixo; tem uma dúzia de pessoas rastejando por lá, operadas por ele. Alguns estão aqui desde 1914 ou 1915, há anos. Ninguém consegue caminhar melhor que antes, quase todos ficaram piores, a maioria ainda tem as pernas engessadas. A cada seis meses, ele os opera de novo e quebra seus ossos, e todas as vezes diz que vai resolver. Tenham cuidado, ele não pode fazer isso se vocês disserem que não.

– Ai, rapaz! – diz um dos dois, exausto. – Melhor os pés que o crânio. Sabe o que acontece quando se volta para lá? Eles podem fazer o que quiserem comigo desde que eu volte para casa. Melhor um pé torto do que meu corpo morto.

O outro, um jovem como nós, não quer a cirurgia. Na manhã seguinte, o velho manda os dois descerem, tenta convencê-los e os ameaça e briga com eles até que concordem. O que poderiam fazer? São apenas recrutas, e ele é um figurão. Com gesso e anestesiados com clorofórmio, são trazidos de volta.

Albert fica mal. Ele é levado e amputado. A perna inteira é removida, até o alto da coxa. Agora ele quase não fala. A certa altura, ele diz que vai se matar se conseguir recuperar seu revólver.

Um novo transporte chega. Nosso quarto recebe duas pessoas cegas. Um deles é um músico muito jovem. As irmãs nunca usam uma faca ao alimentá-lo, pois ele já tomou a faca de alguém antes. Apesar dessa cautela, acontece um incidente. À noite, na hora do jantar, a irmã é chamada por ele e coloca o prato com o garfo na mesa por um tempo. Ele tateia em busca do garfo, agarra-o e enfia-o no coração com toda a força, depois pega um sapato e bate no cabo o mais forte que consegue. Pedimos ajuda, e são necessários três homens para arrancar o garfo dele. Os dentes rombudos já haviam penetrado profundamente. Ele nos repreende a noite toda, de forma que ninguém consegue dormir. De manhã, ele tem um surto.

Camas ficam livres novamente. Os dias passam entre dor e medo, gemidos e arquejos. Mesmo a existência da sala da morte já não adianta, não há espaço suficiente, as pessoas também morrem em nossa enfermaria à noite. A morte é mais rápida que a consideração das irmãs.

Mas um dia a porta se escancara, a padiola com rodinhas entra e, pálido, magro, ereto, triunfante, com sua cabeleira preta encaracolada, Peter chega sentado na maca. A enfermeira Libertine empurra-o para sua antiga cama com uma expressão radiante no rosto. Ele voltou da sala da morte. Pensávamos que já estivesse morto há muito tempo.

Ele olha em volta:

– O que me dizem agora?

E até mesmo Josef precisa admitir que é a primeira vez que presencia algo assim.

Aos poucos, alguns de nós são autorizados a se levantar. Também recebo muletas para caminhar mancando. Mas faço pouco uso delas; não aguento o olhar de Albert quando atravesso a sala. Sempre me encara com olhos muito estranhos. Por isso às vezes me esgueiro para o corredor – lá posso caminhar com mais liberdade.

No andar de baixo, há ferimentos de tiro no abdômen e na medula, na cabeça e amputações duplas. À direita da ala, tiros na mandíbula, intoxicações por gás, tiros no nariz, na orelha e no pescoço. Cegos e tiros no pulmão na ala esquerda, tiros na bacia, nas articulações, nos rins, nos testículos, no estômago. Só aqui é possível ver todos os lugares onde uma pessoa pode ser gravemente ferida.

Duas pessoas morrem de tétano. A pele fica pálida, os membros enrijecem e, ao final, apenas os olhos permanecem vivos – por muito tempo. Alguns dos feridos estão com o membro baleado suspenso no ar por uma espécie de forquilha; embaixo do ferimento é colocada uma bacia, na qual o pus escorre. A cada duas ou três horas, o recipiente é esvaziado. Outras pessoas ficam deitadas em tração, com pesos pendurados da cama. Vejo ferimentos intestinais, sempre cheios de fezes.

O auxiliar do médico me mostra raios-X de ossos do quadril, joelhos e ombros completamente esfacelados.

É impossível compreender que, na parte de cima de corpos tão dilacerados, ainda existem rostos humanos em que a vida segue cotidianamente. E este é apenas um hospital, apenas uma ala – existem centenas de milhares na Alemanha, centenas de milhares na França, centenas de milhares na Rússia. O quanto é fútil tudo o que já foi escrito, feito, pensado, se esse tipo de coisa ainda existe! Tem de ser mentiras sem sentido se a civilização de milênios não conseguiu sequer impedir esses banhos de sangue, essas masmorras de tormento que existem às centenas de milhares. Apenas o hospital ilustra o que é a guerra.

Sou jovem, tenho vinte anos; mas não conheço nada da vida além de desespero, morte, medo e a mistura da mais insensata superficialidade com um abismo de sofrimento. Vejo povos sendo impelidos uns contra os outros e se matando em silêncio, em meio à perfeita ignorância, tolice, obediência, inocência. Vejo as mentes mais inteligentes do mundo inventando armas e palavras para fazer tudo parecer mais sofisticado e duradouro. E, como eu, é o que veem todas as pessoas da minha idade, da minha geração, aqui e ali, no mundo inteiro. O que nossos pais farão se nos levantarmos e nos postarmos diante deles e exigirmos uma prestação de contas? O que esperam de nós quando chegar o momento em que não haverá mais guerra? Durante anos, a nossa ocupação foi matar – a nossa primeira profissão nessa existência. Nosso conhecimento da vida é limitado à morte. O que vai acontecer depois disso? E o que será de nós?

O mais velho da nossa sala é Lewandowski. Tem quarenta anos e está no hospital há dez meses por causa de um grave tiro no abdômen. Somente nas últimas semanas conseguiu melhorar a ponto de caminhar mancando e um pouco curvado.

Faz alguns dias que está muito animado. Sua esposa escreveu para ele da cidadezinha na Polônia onde mora, dizendo que tinha dinheiro suficiente para pagar a viagem e poder visitá-lo.

Ela está a caminho e pode chegar qualquer dia. Lewandowski não sente mais o gosto da comida, distribui até repolho roxo com salsicha depois de dar algumas garfadas. Caminha o tempo todo pela sala com a carta, todo mundo já a leu uma dúzia de vezes, os carimbos foram verificados não se sabe quantas vezes, a escrita é quase irreconhecível devido a manchas de gordura e marcas de dedos, e o que tem que acontecer, acontece: Lewandowski fica com febre e precisa voltar para a cama.

Ele não vê a esposa há dois anos. Nesse meio-tempo, ela deu à luz uma criança, que está trazendo com ela. Mas Lewandowski está preocupado com outra coisa. Ele esperava obter permissão para sair quando sua patroa chegasse, pois é óbvio: é bom se encontrar com ela, mas quando se tem novamente a esposa em sua presença depois de tanto tempo, o homem quer outra coisa, se possível.

Lewandowski discutiu tudo isso conosco por horas, já que não há segredos no exército. E ninguém vê nada de especial nisso também. Aqueles de nós que já podem sair contaram-lhe sobre alguns recantos impecáveis da cidade, terrenos e parques onde ele não seria perturbado, um sujeito conhecia até mesmo um quartinho.

Mas de que adianta tudo isso? Lewandowski está de cama e preocupado. A vida não é mais divertida se ele tiver que deixar suas vontades de lado. Nós o consolamos e prometemos que vamos dar algum jeito.

Na tarde seguinte, aparece sua mulher, uma coisinha mirrada, com olhos de pássaro, ansiosos e apressados, numa espécie de mantilha preta com babados e fitilhos – sabe Deus de quem herdou aquela peça.

Ela murmura algo baixinho e para timidamente à porta. Assusta-a o fato de que somos seis homens.

– Ora, Marja – diz Lewandowski, engolindo perigosamente em seco –, pode entrar, não vão machucar você aqui.

Ela dá a volta e aperta a mão de cada um de nós. Em seguida, mostra a criança que, nesse meio-tempo, molhou as fraldas. Traz consigo uma grande bolsa enfeitada com miçangas, da qual tira uma fralda limpa para trocar rapidamente a criança. Com isso, supera o constrangimento inicial, e os dois começam a conversar.

Lewandowski fica muito nervoso, encarando-nos com seus olhos redondos e arregalados, extremamente infeliz.

O momento é favorável, a ronda do médico terminou, no máximo uma enfermeira talvez visite a enfermaria. Portanto, um de nós sai para especular, volta e confirma com a cabeça.

– Não tem nenhum desgraçado à vista. Vamos, Johann, faça o que precisa.

Os dois conversam na língua deles. A mulher nos olha, um pouco vermelha e envergonhada. Sorrimos bem-humorados e fazemos gestos com as mãos que demonstram que está tudo bem! Que o diabo carregue todos os preconceitos, eles servem a outros tempos, aqui está o carpinteiro Johann Lewandowski, um soldado alvejado, e ali está sua esposa, que sabe-se lá quando ele verá novamente, ele quer possuí-la e vai possuí-la, ponto final.

Dois homens ficam diante da porta para interceptar e manter as irmãs ocupadas caso elas passem. Combinam que vão vigiar por mais ou menos quinze minutos.

Lewandowski consegue apenas deitar-se de lado, então alguém encaixa dois travesseiros atrás dele, Albert pega a criança, então nos viramos um pouco, a mantilha preta desaparece embaixo dos cobertores da cama, e nós tagarelamos em voz alta e jogamos um carteado.

Tudo corre bem. Estou com um jogo sensacional na mão. Quase nos esquecemos de Lewandowski. Depois de um tempo, a criança começa a berrar, embora Albert a embale desesperadamente para frente e para trás. Então ouve-se um rangido e um chiado, e, quando levantamos a cabeça casualmente, vemos que a criança já está com a mamadeira na boca e de volta no colo da mãe. O plano funcionou.

Agora nos sentimos como uma grande família, a mulher ficou animada, e Lewandowski está ali deitado, suando e radiante.

Ele abre a sacola bordada, aparecem duas salsichas das boas, Lewandowski pega a faca como se fosse um buquê de flores e corta as iguarias em pedaços. Com um movimento grandioso da mão, aponta para nós – e a mulher pequena e enrugada vai de um em um, rindo enquanto entrega o pedaço de salsicha. Agora ela até está mais bem-apessoada. Nós a chamamos de mãezinha, ela fica feliz e afofa nossos travesseiros.

Depois de algumas semanas, preciso ir todas as manhãs ao Instituto Zander de Reabilitação. Lá, minha perna é bem presa e exercitada. O braço já está curado faz bastante tempo.

Novos transportes chegam do campo. As bandagens não são mais de tecido, são feitas apenas de papel crepom branco. O material de curativo acabou ficando muito escasso lá fora.

O coto de Albert está cicatrizando bem. A ferida está quase fechada. Em algumas semanas, ele deve ir até um posto de próteses. Ainda fala pouco e está muito mais sério que antes. Muitas vezes para no meio de uma conversa e olha para o nada. Se não estivesse conosco, teria posto um fim em tudo há muito tempo. Mas agora ele superou o pior. Às vezes até assiste ao carteado.

Recebo uma licença de convalescença.

Minha mãe não quer mais me deixar partir. Está muito fraca. Ainda pior que da última vez.

Depois disso, sou convocado pelo regimento e volto ao campo de batalha.

Dizer adeus ao meu amigo Albert Kropp é difícil. Mas, depois de um tempo no exército, aprendemos como fazê-lo.

11

Não contamos mais as semanas. Era inverno quando cheguei e, no impacto das granadas, torrões de terra congelados eram quase tão perigosos quanto os estilhaços. Agora as árvores voltaram a verdejar. Nossa vida se alterna entre o front e a caserna. Até certo ponto, já estamos acostumados: a guerra é uma causa mortis, como câncer e tuberculose, como gripe e disenteria. As baixas são apenas muito mais frequentes, variadas e horrendas.

Nossos pensamentos são como argila, modelados pelo sabor dos dias – são bons quando estamos descansando, lúgubres quando ficamos sob fogo cerrado. Campos repletos de crateras lá fora e dentro de nós.

Não somos apenas nós: todo mundo é assim – o que costumava ser não vale mais, e ninguém realmente sabe mais nada. As diferenças criadas pela educação e a criação são quase indistintas e dificilmente reconhecíveis. Às vezes significam vantagens para se aproveitar de uma situação, mas também trazem desvantagens ao evocar inibições que antes de tudo precisam ser superadas. É como se outrora fôssemos moedas de diferentes países; fomos derretidos, e agora todos têm o mesmo cunho. Para reconhecer as diferenças, é necessário examinar o material com muito cuidado. Somos soldados e, só depois disso, de forma estranha e acanhada, ainda somos indivíduos.

É uma grande irmandade que estranhamente une um vislumbre de camaradagem das canções folclóricas, o sentimento de solidariedade dos prisioneiros e o apoio mútuo desesperado dos condenados à morte a um estágio de vida que, em meio ao perigo, se afasta da tensão e do desamparo da morte e se transforma em um escape fugaz das horas em que sobrevivemos, de uma forma completamente impassível. É heroico e banal ao mesmo tempo, caso se queira julgar, mas quem quer fazê-lo?

Por isso que Tjaden, em meio a um ataque inimigo, toma sua sopa de ervilha e bacon em ritmo frenético, pois ele já não sabe se ele estará vivo em uma hora. Debatemos por muito tempo se aquilo era correto ou não. Kat condena essa postura, porque diz que um tiro no estômago é mais perigoso se ele estiver cheio.

Essas coisas são problemáticas para nós; levamo-nas a sério e não pode ser de outro jeito. A vida aqui, à beira da morte, tem um curso imensamente simples, limita-se às coisas mais necessárias, todo o restante permanece em hibernação; é o que temos de primitivo, é a nossa salvação. Se fôssemos mais diferenciados, já teríamos enlouquecido, desertado ou caído há muito tempo. É como uma expedição ao polo; toda e qualquer expressão de vida só pode servir à preservação da existência e inevitavelmente se ajusta a ela. Todo o restante é proibido porque consome energia inutilmente. Essa é a única maneira de nos salvar, e muitas vezes encaro a mim mesmo como a um estranho, quando, em horas tranquilas, o misterioso reflexo do passado projeta os contornos de minha existência atual para fora de mim como um espelho embaçado, e então me pergunto como essa atividade indizível chamada vida se adaptou a essa forma. Todas as outras expressões estão hibernando, a vida está apenas em constante espreita frente à ameaça da morte – ela nos fez animais pensantes para nos dar a arma do instinto; nos crivou de embotamento para não nos curvarmos diante do horror que nos assolaria se pensássemos com clareza e consciência; despertou em nós o sentimento de camaradagem para escaparmos do abismo do abandono; nos emprestou a indiferença dos selvagens para que, apesar de tudo, possamos desfrutar do caráter positivo de cada momento e armazená-lo como uma reserva contra o ataque furioso do nada. Assim, vivemos uma existência fechada e dura, de superficialidade extrema, e só às vezes um acontecimento produz centelhas. Mas, então, de forma surpreendente, irrompe uma pesada e terrível chama de anseio.

Esses são os momentos perigosos, que nos mostram que o ajuste é apenas artificial, afinal; que não se trata simplesmente de tranquilidade, mas da tensão mais acentuada que ruma em direção à tranquilidade. Vendo de fora, por nosso modo de vida, dificilmente nos diferenciamos dos aborígines; mas, enquanto eles sempre podem ser assim, pois é assim que são e só se desenvolvem por meio do exercício de suas faculdades mentais, conosco acontece o contrário: nossas forças internas são impelidas não para o avanço, mas para a regressão. Eles são tranquilos e naturais; nós somos extremamente tensos e artificiais.

E, com terror, sentimos à noite, acordando de um sonho, oprimidos pelo encantamento das visões que se aproximam, o quanto é tênue o limite que nos separa da escuridão – somos pequenas chamas, escassamente protegidas por paredes frágeis diante da tempestade de dissolução e insensatez em que vacilamos e, por vezes, quase sucumbimos. Então o rugido abafado da batalha se torna um círculo que nos contorna, nos enredamos e encaramos com os olhos arregalados noite adentro.

Sentimo-nos confiantes com a respiração de nossos camaradas adormecidos, e assim esperamos pela manhã.

Cada dia e cada hora, cada granada e cada morto destroçam esse apoio frágil, e os anos o desgastam com rapidez. Vejo como aos poucos ele se despedaça ao meu redor. Essa é a história estúpida de Detering.

Ele era uma daquelas pessoas que guardavam muito para si mesmas. Seu infortúnio foi ter visto uma cerejeira em um jardim. Tínhamos acabado de chegar do front, e essa cerejeira surgiu diante de nós pela manhã, em todo o seu esplendor, perto dos novos alojamentos, em uma curva da estrada. Não tinha folhas, mas era um arbusto único de botões brancos.

À noite, ninguém sabia de Detering. Por fim, ele chegou, segurando alguns raminhos de flores da cerejeira. Brincamos e perguntamos se ele estava procurando uma noiva. Ele não respondeu, mas se deitou na cama. À noite, eu o ouvi se movendo, parecia estar fazendo as malas. Senti que algo estava errado e fui até ele. Ele agiu como se não houvesse nada de errado, e eu lhe disse:

– Não faça nenhuma besteira, Detering.

– Ora, só não consigo dormir.

– Por que foi buscar aqueles galhos de cerejeira?

– Provavelmente ainda posso pegar galhos de cerejeira – responde ele, com teimosia, e, depois de um tempo, continua: – Tenho um grande pomar com cerejeiras em casa. Quando florescem, do palheiro parecem um lençol único, de tão brancas. É a época.

– Talvez a gente receba licenças em breve. Também é possível que você, como agricultor, seja dispensado.

Ele assente com a cabeça, mas está ausente. Quando esses camponeses ficam agitados, assumem uma expressão estranha, uma mistura de ar bovino com um deus nostálgico, meio estúpido e meio encantador. Para distraí-lo de seus pensamentos, peço-lhe um pedaço de pão. Ele me dá sem pensar duas vezes, o que é suspeito, pois em geral é mesquinho. Por isso, fico acordado. Nada acontece; pela manhã ele está como sempre esteve.

Provavelmente percebeu que eu o observava. Na manhã seguinte, vai embora de todo jeito. Eu vejo, mas não digo nada para lhe dar tempo, talvez ele consiga atravessar. Várias pessoas já chegaram à Holanda.

Na chamada, no entanto, sua ausência é percebida. Depois de uma semana, ficamos sabendo que ele foi pego pelos gendarmes, aqueles odiados policiais militares. Tinha tomado o rumo da Alemanha – claro que em uma tentativa inútil – e, com a mesma naturalidade, tinha começado tudo de maneira muito estúpida. Todos sabiam que a fuga se devia apenas à saudade e à confusão momentânea. Mas do que os juízes militares entendem, a mais de cem quilômetros do front? Nunca mais tivemos notícias de Detering.

Mas, às vezes, ela também surge de outras maneiras, essa coisa perigosa e reprimida, como a saída de uma caldeira superaquecida. Para demonstrá-lo, também é possível relatar o fim que levou Berger.

Nossas trincheiras estão destruídas há muito, e temos um front tão elástico que não estamos mais conduzindo uma guerra de posições. Quando o ataque e o contra-ataque vão e voltam, o que resta é uma linha rompida e uma luta encarniçada de trincheira a trincheira. O front foi rompido, e grupos se estabeleceram em todos os lugares, um emaranhado de trincheiras onde o combate não para.

Estamos em uma fronteira, os ingleses estão à margem, avançam pelo flanco e chegam atrás de nós. Estamos cercados. É difícil nos rendermos, neblina e fumaça pairam sobre nós, ninguém saberia que queremos capitular, talvez não queiramos, nesses momentos ninguém sabe. Ouvimos as explosões das granadas de mão se aproximando. Nossa metralhadora varre o semicírculo à frente. A água de arrefecimento evapora, passamos de mão em mão o recipiente vazio às pressas, todo mundo mija nele, então, temos água de novo e podemos continuar atirando. Mas eles se aproximam cada vez mais por trás de nós. Em poucos minutos, estaremos perdidos.

Então uma segunda metralhadora abre fogo a uma curta distância. Está na trincheira ao nosso lado, Berger se apoderou dela, e agora um contra-ataque começa por trás, nos libertamos e encontramos um espaço para bater em retirada.

Depois, quando estamos razoavelmente bem protegidos, um dos responsáveis por buscar comida nos diz que um cão mensageiro ferido está deitado a algumas centenas de passos de distância.

– Onde? – pergunta Berger.

O outro explica para ele. Berger vai buscar o animal ou sacrificá-lo. Meio ano atrás, ele nem teria se incomodado com isso, teria sido razoável. Tentamos detê-lo. Mas, quando ele sai para valer, tudo o que podemos fazer é dizer "Maluco!" e deixá-lo ir. Porque esses ataques de fúria no front se tornam perigosos se você não conseguir jogar o homem no chão e imobilizá-lo imediatamente. E Berger tem um metro e oitenta de altura, é o homem mais forte da companhia.

Ele realmente está louco, porque tem que atravessar a barreira de fogo, mas é aquele relâmpago que espreita de algum lugar acima de nós que o atinge e o deixa possuído. Com outros, acontece de se enfurecerem, fugirem; sim, houve um que tentava o tempo todo se enterrar no chão com as mãos, os pés e a boca.

Claro que também há muito fingimento nesses casos, mas o fingimento, na verdade, é um sinal. Berger, que está tentando acabar com o cachorro, é resgatado com uma bala na bacia, e um dos homens que sai para resgatá-lo leva um tiro na panturrilha no processo.

Müller está morto. Dispararam um sinalizador em sua barriga à queima-roupa. Ele sobreviveu meia hora totalmente lúcido e com dores lancinantes. Antes de morrer, ele me deu sua caderneta e deixou suas botas – as mesmas que havia herdado de Kemmerich. Eu as uso porque servem bem em mim. Tjaden ficará com elas depois de mim, prometi para ele.

Conseguimos enterrar Müller, mas provavelmente não ficará em paz por muito tempo. Nossas linhas batem em retirada. Há muitos regimentos ingleses e americanos novos por lá. Há muita carne enlatada e farinha de trigo branca. E armas novas em excesso. Aviões demais.

Nós, porém, estamos magros e famintos. Nossa comida é tão ruim e adulterada por sucedâneos que adoecemos. Os donos das fábricas na Alemanha enriqueceram – e a disenteria dissolve nossos intestinos. As latrinas estão sempre muito ocupadas; é preciso mostrar às pessoas na terra natal esses rostos cinzentos, amarelos, miseráveis, resignados aqui, essas figuras encurvadas cuja cólica está arrancando sangue do corpo e que, no máximo, sorriem um para o outro com lábios retorcidos, ainda por cima trêmulos de dor: "Nem vale a pena levantar as calças…".

Nossa artilharia está terminando, com pouca munição, e os canos estão tão gastos que os tiros saem incertos e se espalham, atingindo-nos. Não temos cavalos o bastante. Nossas tropas recém-chegadas são meninos anêmicos que precisam se recuperar, não conseguem carregar uma mochila, mas sabem morrer. Aos milhares. Não entendem nada de guerra, apenas avançam e se deixam abater. Um único avião, por diversão, derrubou duas companhias deles ao saírem do trem, antes mesmo de conhecerem o abrigo.

– Logo a Alemanha deve ficar vazia – diz Kat.

Estamos sem esperança de que um dia possa haver um fim. Nosso pensamento não chega tão longe. Dá para levar um tiro e morrer, se machucar, então ir para o hospital mais próximo. Se não sofrer uma amputação, mais cedo ou mais tarde se cai nas mãos de um desses oficiais médicos que, com a Cruz de Ferro na lapela, diz: "O quê? Uma perna é um pouco mais curta que a outra? Não é preciso correr no front, se tiver coragem. O homem está apto para a guerra. Pode ir!".

Kat conta uma das histórias que percorrem o front inteiro, dos Vosges a Flandres – do médico que lê os nomes na lista e, quando o homem dá um passo adiante, diz, sem tirar os olhos da lista: "Apto para a guerra. Precisamos de soldados lá fora". Um homem com uma perna de pau dá um passo à frente, o médico diz novamente: "Apto para a guerra".

– E então – Kat levanta a voz – o homem diz para ele: "Eu já tenho uma perna de pau; mas, se eu for para o front agora e alguém atirar na minha cabeça, vou mandar fazer uma cabeça de pau para mim e viro médico!".

Ficamos todos profundamente satisfeitos com essa resposta.

Talvez haja médicos bons, e há muitos; mas, com a centena de exames que todo soldado precisa fazer, ele acaba caindo nas mãos de um desses numerosos caçadores de heróis que tentam converter o maior número possível de homens aptos para o trabalho e aptos para a guarnição em aptos para a guerra.

Existem várias dessas histórias e geralmente são muito mais amargas. Mas, apesar disso, não têm nada a ver com motins e indisciplina; são verdadeiras e dão nomes aos bois, pois há muita fraude, injustiça e maldade na tropa. Não surpreende que regimento após regimento vá para a batalha cada vez mais desesperançado e que ataques se sucedam enquanto a linha bate em retirada e se desmembra?

Os tanques deixaram de ser motivo de chacota para se transformar em armamento pesado. Os blindados chegam, avançam em uma longa fila e personificam o horror da guerra para nós mais do que qualquer outra coisa.

Não vemos os canhões que lançam fogo cerrado sobre nós, as linhas de ataque do inimigo são pessoas como nós, mas esses tanques são máquinas, suas esteiras avançam sem parar como a guerra, eles são a destruição ao descer insensivelmente para as trincheiras e voltar, imparáveis, uma frota inteira de tanques rugindo, cuspindo fumaça, feras de aço indestrutíveis, esmagando mortos e feridos: diante deles nos encolhemos dentro da nossa pele fina; diante de sua força colossal, os nossos braços viram canudinhos, e nossas granadas de mão, palitos de fósforo.

Granadas, gases tóxicos e flotilhas de tanques – esmagam, devoram, matam.

Disenteria, gripe, tifo – asfixia, queimaduras, morte. Trincheira, hospital, vala comum – não há alternativas.

Bertinck, o comandante da nossa companhia, é morto em um ataque. Era um daqueles oficiais de front magníficos que estão sempre à frente em qualquer situação complicada. Estava conosco havia dois anos sem se ferir, é claro que algo tinha que acontecer. Estamos sentados em uma cratera e fomos cercados. O fedor de óleo ou gasolina se espalha com a fumaça de pólvora. Dois homens com um lança-chamas são descobertos, um carregando o reservatório nas costas, o outro segurando a mangueira da qual o fogo está jorrando. Se chegarem perto o bastante para nos atingir, estamos acabados, porque não podemos recuar.

Abrimos fogo contra eles. Mas eles continuam se aproximando, e as coisas ficam complicadas. Bertinck está na cratera com a gente. Quando ele percebe que não estamos acertando pois temos que ter muito cuidado para nos proteger do fogo intenso, ele pega um fuzil, rasteja para fora da cratera e mira enquanto está apoiado. Ele atira – no mesmo instante em que uma bala o atinge com uma pancada, e ele é ferido. Mas ele fica onde está e continua mirando – uma hora ele abaixa a arma e, em seguida, mira de novo; por fim, o tiro ressoa. Bertinck larga o fuzil, diz "Ótimo" e desliza para trás. O homem que vem atrás dos dois lançadores de chamas está ferido, ele cai, a mangueira escorrega das mãos, o fogo jorra em todas as direções, e o homem arde.

Bertinck levou um tiro no peito. Depois de um tempo, um estilhaço estoura seu queixo. O mesmo estilhaço ainda tem força para rasgar a cintura de Leer, que geme e se apoia nos braços, sangra até a morte muito rapidamente, ninguém consegue ajudá-lo. Depois de alguns minutos, ele desmorona como uma bolsa vazia.

De que lhe adiantou ter sido um aluno tão bom em matemática na escola?

Os meses passam. Este verão de 1918 é o mais sangrento e o mais difícil. Os dias são como anjos em trajes dourados e azuis, impassivelmente pairando sobre o círculo de aniquilação. Todos aqui sabem que estamos perdendo a guerra. Não se fala muito disso, recuamos, não poderemos voltar a atacar depois dessa grande ofensiva, estamos sem homens e sem munição.

Mas a campanha continua – a morte continua – verão de 1918 – a vida em sua forma austera nunca nos pareceu tão desejável como agora; as papoulas vermelhas nos prados circundam nosso acampamento, os besouros brilhantes nas folhas da grama, as noites quentes nos quartos frescos na penumbra, as árvores escuras e misteriosas no crepúsculo, as estrelas e a água corrente, os sonhos e o longo sono – ah, vida, vida, vida!

Verão de 1918 – nunca se aguentou tanto em silêncio quanto no momento de partir para o front. Os rumores loucos e torturantes de armistício e paz vieram à tona, confundindo corações e deixando a partida mais difícil do que nunca!

Verão de 1918 – nunca a vida no front será mais amarga e horrível do que nas horas de bombardeio, quando rostos pálidos jazem na lama e mãos se crispam em uníssono: Não! Não! Ainda não! Não agora, no último momento!

Verão de 1918 – o vento de esperança que varre os campos arrasados pelo fogo, febre furiosa de impaciência e decepção, o estremecimento mais doloroso da morte, pergunta incompreensível: Por quê? Por que não termina? E por que correm esses rumores sobre o fim?

Há muitos aviões aqui, e seus pilotos têm absoluta certeza de que vão caçar os soldados como coelhos. Para cada avião alemão, há pelo menos cinco aviões ingleses e americanos. Para cada soldado alemão faminto e cansado na trincheira, há cinco outros fortes e revigorados na trincheira do inimigo. Há cinquenta latas de carne em conserva para cada pão alemão. Não somos derrotados, pois somos melhores e mais experientes como soldados; simplesmente somos esmagados e obrigados a recuar pela superioridade numérica das tropas.

Deixamos para trás algumas semanas de chuva – céu cinza, terra cinza encharcada, a morte cinza. Quando partimos dali, a umidade já penetra nossos casacos e roupas – e assim passamos o tempo lá adiante. Não vamos secar. Quem ainda usa botas, as cobre com sacos de areia para que a água barrenta não penetre tão rapidamente. As armas estão cobertas de barro, os uniformes estão cobertos de lama, tudo se dissolve e escorre, uma massa de terra pingando, úmida e oleosa, na qual se destacam as poças amarelas com espirais de sangue vermelho onde mortos, feridos e sobreviventes se afundam devagar.

A tempestade açoita-nos, a chuva de estilhaços arranca do cinza e amarelo caótico os gritos infantis agudos daqueles que foram atingidos, e, durante a noite, a vida dilacerada geme com dificuldade, em silêncio. Nossas mãos são terra, nossos corpos, lama, e nossos olhos, poças de chuva. Não sabemos se ainda estamos vivos.

Então, como uma água-viva, o calor penetra úmido e abafado em nossas crateras, e, em um daqueles dias de final de verão, enquanto pega comida, Kat cai. Estamos nós dois, sozinhos. Passo uma atadura em sua ferida; a tíbia parece quebrada. É um tiro no osso, e Kat geme em desespero:

– Logo agora, bem agora...

Eu o consolo:

– Quem sabe quanto tempo essa bagunça vai durar! Agora você está salvo...

A ferida começa a sangrar em profusão. Kat não pode ficar sozinho para eu ir buscar uma padiola. Não sei de nenhum posto de primeiros socorros por perto.

Kat não é muito pesado; então eu o jogo nas minhas costas e volto ao posto de primeiros socorros com ele.

Paramos duas vezes. Ele está com muita dor por conta da movimentação. Não falamos muito. Desabotoei a gola do meu casaco e estou ofegante, suando, com o rosto inchado pelo esforço de carregá-lo. No entanto, insisto que continuemos, porque o terreno é perigoso.

– Você está bem, Kat?

– Acho que sim, Paul.

– Então vamos lá.

Eu o endireito, ele se equilibra na perna ilesa e apoia-se em uma árvore. Então, pego com cuidado a perna ferida, ele dá um solavanco, e também abraço o joelho da perna sã.

Nosso caminho fica mais difícil. Às vezes, uma granada assobia. Ando o mais rápido que posso, enquanto o sangue do ferimento de Kat pinga no chão. Dificilmente conseguiremos nos proteger dos impactos, pois não temos tempo de nos abrigar. Para esperar, nos deitamos em uma trincheira pequena. Dou chá a Kat do meu cantil. Fumamos um cigarro.

– É, Kat – digo em tom lúgubre –, agora vamos nos separar.

Ele fica em silêncio e me encara.

– Ainda lembra, Kat, como arranjamos o ganso? E como você me tirou da confusão quando eu era apenas um recrutinha e fui ferido pela primeira vez? Na época eu ainda chorava. Kat, já faz quase três anos.

Ele assente com a cabeça.

O medo de ficar sozinho cresce dentro de mim. Quando Kat for levado, não terei mais nenhum amigo aqui.

– Kat, se realmente houver paz antes de você voltar, precisamos nos encontrar de novo.

– Acha que com esse osso ainda vou ser apto para a guerra? – pergunta ele com amargura.

– Você vai ficar bom quando repousar. A articulação está em ordem. Talvez ainda funcione.

– Me dê outro cigarro – pede ele.

– Talvez possamos fazer algo juntos depois, Kat.

Fico muito triste, é impossível que Kat – Kat, meu amigo, Kat com os ombros caídos e o bigode fino e macio, Kat, que conheço de um jeito diferente de qualquer outra pessoa, Kat, com quem compartilhei esses anos – é impossível que eu não reencontre Kat.

– De qualquer forma, me dê seu endereço, Kat. E aqui está o meu, vou anotá-lo para você.

Enfio o bilhete no bolso do peito. Sinto que já fui abandonado, embora ele ainda esteja sentado ao meu lado. Devo dar um tiro rápido no pé para poder ficar com ele? De repente, Kat se engasga e fica verde e amarelo:

– Vamos continuar – gagueja.

Levanto-me de uma vez, ansioso para ajudá-lo, pegá-lo no colo e recomeçar a correr, um avanço longo e lento para que a perna dele não balance demais.

Minha garganta está seca, pontos vermelhos e pretos dançam diante dos meus olhos quando finalmente, de forma obstinada, impiedosa, chego tropeçando ao posto de primeiros socorros.

Caio de joelhos lá, mas ainda tenho forças para despencar sobre a perna boa de Kat. Depois de alguns minutos, me levanto bem devagar. Minhas pernas e mãos tremem violentamente, tenho dificuldade em encontrar meu cantil para tomar um gole. Meus lábios tremem. Mas sorrio – Kat está em segurança.

Depois de um tempo, distingo a torrente confusa de vozes captada por meus ouvidos:

– Você poderia ter se poupado – diz um enfermeiro.

Olho para ele sem entender.

Ele aponta para Kat:

– Ele está morto.

Não entendo.

– Ele levou um tiro na canela – digo.

O paramédico fica imóvel:

– Tem mais...

Eu me viro. Meus olhos ainda estão turvos, o suor volta a brotar, escorrendo pelas minhas pálpebras. Limpo os olhos e me viro para Kat. Ele continua inerte.

– Está desmaiado – digo rapidamente.

O enfermeiro assobia, baixinho:

– Conheço essa situação melhor que você. Ele está morto. Quer apostar?

Nego com a cabeça:

– Sem chance! Falei com ele faz dez minutos. Ele está desmaiado. – As mãos de Kat estão quentes, e eu agarro seus ombros para esfregar chá em sua pele. Então, sinto meus dedos úmidos. Quando eu os puxo detrás de sua cabeça, estão ensanguentados. O enfermeiro volta a assobiar entredentes:

– Viu...

Sem que eu percebesse, Kat tinha sido atingido por um estilhaço na cabeça, no meio do caminho. Há apenas um buraquinho, deve ter sido um estilhaço perdido muito pequeno. Mas foi o suficiente. Kat está morto.

Levanto-me devagar.

– Quer levar a caderneta de soldo e as coisas dele? – pergunta-me o soldado.

Concordo com a cabeça, e ele me entrega.

O enfermeiro surpreende-se:

– Você não é parente dele, certo?

Não, não somos parentes. Não, não somos parentes.

Vou embora? Ainda tenho pés? Levanto os olhos, passo-os ao redor, descrevendo um círculo, um círculo, até parar. Tudo está como antes. Foi só o soldado Stanislaus Katczinsky que morreu.

Então não sei de mais nada.

12

É outono. Não restam muitos dos veteranos. Sou o último dos sete homens da nossa turma de escola aqui.

Todo mundo está falando sobre paz e armistício. Todos aguardam. Se for de novo uma decepção, eles entrarão em colapso, suas esperanças são fortes demais, elas não podem ser mais roubadas sem gerar uma explosão. Se não houver paz, então haverá revolução.

Tenho catorze dias de descanso porque engoli um pouco de gás. Em um jardinzinho, fico o dia todo sentado ao sol. O armistício está chegando, agora eu também acredito nisso. Aí seguiremos todos para casa.

Meus pensamentos vacilam nesse momento e não avançam mais. O que me atrai e me espera com força avassaladora são sentimentos. É a ânsia pela vida, saudades da terra natal, é o sangue, é a embriaguez da salvação. Mas não são objetivos.

Se tivéssemos voltado para casa em 1916, teríamos desencadeado uma tempestade com a dor e a força das nossas experiências. Voltando agora, estamos cansados, derrubados, esgotados, desenraizados e desesperançados. Não seremos mais capazes de nos reorientar.

Ninguém tampouco vai nos entender, pois antes de nós cresceu uma geração que passou anos aqui conosco, mas que tinha cama e um emprego e agora está voltando às suas antigas colocações, nas quais esquecerão a guerra – e, depois de nós, cresce uma geração, semelhante ao que éramos antes, que nos será alheia e nos deixará de lado. Seremos supérfluos para nós mesmos, envelheceremos, alguns se adaptarão, outros se submeterão e muitos ficarão perdidos; os anos passarão e, finalmente, pereceremos.

Mas, talvez, tudo isso em que estou pensando seja apenas melancolia e consternação, que se dissipa quando eu estiver de novo sob os choupos e escutar o farfalhar de suas folhas. Não pode ser que tenha terminado a suavidade que deixava nosso sangue inquieto, o incerto, o surpreendente, o vindouro, as mil faces do futuro, a melodia dos sonhos e dos livros, o farfalhar e o pressentimento das mulheres, não pode ser que tenha se afogado em barreiras de fogo, desespero e bordéis.

As árvores iluminam-se, coloridas, douradas, as bagas das sorveiras-bravas se erguem vermelhas em meio às folhagens, as estradas rurais correm brancas em direção ao horizonte, e as cantinas zumbem como colmeias com os rumores de paz.

Levanto-me.

Estou muito tranquilo. Que venham os meses e os anos, eles não tirarão mais nada de mim, não podem tirar mais nada de mim. Estou tão sozinho e tão sem expectativas que posso enfrentá-los sem medo. A vida que me carregou por esses anos ainda está em minhas mãos e em meus olhos. Se a superei, não sei. Mas enquanto ela estiver lá, vai procurar seu caminho, queira ou não aquilo que dentro de mim se chama "eu".

Ele caiu em outubro de 1918, em um dia tão calmo e tranquilo em todo o front que o comunicado do exército se limitou a uma frase: não havia nada de novo no front a relatar.

Havia caído de bruços e ficou deitado no chão, como se estivesse dormindo. Quando o viraram, percebeu-se que ele não sofrera por tanto tempo; seu rosto tinha uma expressão muito tranquila, como se estivesse quase contente por ter encontrado esse fim.

Sobre o autor

Erich Maria Remarque nasceu em 22 de junho de 1898, em Osnabrück, na Alemanha. Realizou os estudos básicos na sua cidade natal e frequentou a Universidade de Münster. Parou de estudar aos dezoito anos para juntar-se ao exército alemão na Primeira Guerra Mundial. Nas trincheiras, foi ferido três vezes, uma delas gravemente. Após o conflito, lutando para sobreviver em um país corroído pela guerra, exerceu diversas profissões: foi pedreiro, organista, motorista etc., até se estabilizar no jornalismo, exercendo funções de crítico teatral e repórter esportivo, entre outras, em jornais de Hannover e Berlim.

Mas ele não esqueceu o pesadelo das batalhas. Suas noites de insônia eram preenchidas por infindáveis cadernos, onde anotava os horrores que viveu. Logo descobriu naquelas folhas manuscritas o núcleo de um romance sobre o absurdo da guerra. *Nada de novo no front* (*Im Westen nichts Neues*) foi publicado em formato de folhetim no jornal *Vossiche Zeitung*, em 1928. O sucesso garantiu a edição do texto em formato de livro em 1929. A obra se tornou um êxito sem precedentes na literatura alemã moderna e deixou o público e as autoridades alemãs perplexos. Objeto de críticas, polêmicas e discussões, o romance de Remarque mostrou – a um público que ainda considerava a guerra uma fatalidade cercada por um halo de romantismo heroico – a verdadeira face dos soldados que nela se envolveram. Não eram guerreiros, como os que apareciam nos filmes de propaganda, mas homens maltrapilhos, neuróticos e assustados. Outras obras de ficção que testemunhavam batalhas da Primeira Guerra Mundial já haviam sido lançadas, mas nenhuma parecera aos ex-combatentes tão autêntica e reveladora. O romance ganhou o mundo e foi levado ao cinema em 1930, por Lewis Milestone. A película alcançou sucesso mundial, e não tardou até livro e filme provocarem a ira dos nacionalistas alemães. Em 1931, publicou também *O caminho de volta*, que retratava as frustrações dos que regressavam das linhas de frente. Com o recrudescimento do nazifascismo, a perseguição ao autor aumentou, devido ao pacifismo de suas obras. Em 1933, com a ascensão de Hitler ao poder, o filme foi proibido. Remarque exilou-se na Suíça e, a partir de 1939, nos Estados Unidos. No dia 10 de maio de 1933, seus livros foram queimados na fogueira na praça da Ópera, em Berlim, como parte de uma campanha nacional de destruição de obras de autores judeus, esquerdistas, pacificistas e outros consideráveis indesejáveis pelos nazistas. Em 1938, as autoridades alemãs retiraram sua cidadania, por ter supostamente aviltado os soldados da grande guerra e apresentado uma visão antigermânica dos acontecimentos. O escritor só ficou sabendo das hostilidades depois, na segurança do exílio. Sua irmã Elfriede, uma simples costureira que ainda vivia no país natal, confiara a uma cliente que poderia muito bem dar um tiro na cabeça de Hitler. Foi denunciada, condenada à morte em 1943 e decapitada.

Em 1947, Remarque naturalizou-se norte-americano. Em 1948, partiu para a Suíça, na companhia da esposa, a atriz Paulette Goddard. O autor faleceu aos 72 anos de idade, no dia 25 de setembro de 1970, em

Locarno, na Suíça. Não perdoou a Alemanha do pós-guerra pelo tratamento brando para com as autoridades nazistas. Constatou com amargura, por ocasião de uma visita ao seu país natal, em 1966: "Pelo que sei, nenhum assassino do Terceiro Reich perdeu a sua cidadania alemã". Deixou também outros livros de sucesso sobre o absurdo da guerra (*Três camaradas*, de 1937, *Náufragos*, de 1941, *Arco do triunfo*, de 1946, e *O obelisco preto*, 1956), além de um romance póstumo, *Sombras do paraíso*, publicado em 1971.

Coleção L&PM POCKET

ÚLTIMOS LANÇAMENTOS

1200. **Pequena filosofia da paz interior** – Catherine Rambert
1201. **Os sertões** – Euclides da Cunha
1202. **Treze à mesa** – Agatha Christie
1203. **Bíblia** – John Riches
1204. **Anjos** – David Albert Jones
1205. **As tirinhas do Guri de Uruguaiana 1** – Jair Kobe
1206. **Entre aspas (vol.1)** – Fernando Eichenberg
1207. **Escrita** – Andrew Robinson
1208. **O spleen de Paris: pequenos poemas em prosa** – Charles Baudelaire
1209. **Satíricon** – Petrônio
1210. **O avarento** – Molière
1211. **Queimando na água, afogando-se na chama** – Bukowski
1212. **Miscelânea septuagenária: contos e poemas** – Bukowski
1213. **Que filosofar é aprender a morrer e outros ensaios** – Montaigne
1214. **Da amizade e outros ensaios** – Montaigne
1215. **O medo à espreita e outras histórias** – H.P. Lovecraft
1216. **A obra de arte na era de sua reprodutibilidade técnica** – Walter Benjamin
1217. **Sobre a liberdade** – John Stuart Mill
1218. **O segredo de Chimneys** – Agatha Christie
1219. **Morte na rua Hickory** – Agatha Christie
1220. **Ulisses (Mangá)** – James Joyce
1221. **Ateísmo** – Julian Baggini
1222. **Os melhores contos de Katherine Mansfield** – Katherine Mansfield
1223. (31). **Martin Luther King** – Alain Foix
1224. **Millôr Definitivo: uma antologia de *A Bíblia do Caos*** – Millôr Fernandes
1225. **O Clube das Terças-Feiras e outras histórias** – Agatha Christie
1226. **Por que sou tão sábio** – Nietzsche
1227. **Sobre a mentira** – Platão
1228. **Sobre a leitura *seguido do* Depoimento de Céleste Albaret** – Proust
1229. **O homem do terno marrom** – Agatha Christie
1230. (32). **Jimi Hendrix** – Franck Médioni
1231. **Amor e amizade e outras histórias** – Jane Austen
1232. **Lady Susan, Os Watson e Sanditon** – Jane Austen
1233. **Uma breve história da ciência** – William Bynum
1234. **Macunaíma: o herói sem nenhum caráter** – Mário de Andrade
1235. **A máquina do tempo** – H.G. Wells
1236. **O homem invisível** – H.G. Wells
1237. **Os 36 estratagemas: manual secreto da arte da guerra** – Anônimo
1238. **A mina de ouro e outras histórias** – Agatha Christie
1239. **Pic** – Jack Kerouac
1240. **O habitante da escuridão e outros contos** – H.P. Lovecraft
1241. **O chamado de Cthulhu e outros contos** – H.P. Lovecraft
1242. **O melhor de Meu reino por um cavalo!** – Edição de Ivan Pinheiro Machado
1243. **A guerra dos mundos** – H.G. Wells
1244. **O caso da criada perfeita e outras histórias** – Agatha Christie
1245. **Morte por afogamento e outras histórias** – Agatha Christie
1246. **Assassinato no Comitê Central** – Manuel Vázquez Montalbán
1247. **O papai é pop** – Marcos Piangers
1248. **O papai é pop 2** – Marcos Piangers
1249. **A mamãe é rock** – Ana Cardoso
1250. **Paris boêmia** – Dan Franck
1251. **Paris libertária** – Dan Franck
1252. **Paris ocupada** – Dan Franck
1253. **Uma anedota infame** – Dostoiévski
1254. **O último dia de um condenado** – Victor Hugo
1255. **Nem só de caviar vive o homem** – J.M. Simmel
1256. **Amanhã é outro dia** – J.M. Simmel
1257. **Mulherzinhas** – Louisa May Alcott
1258. **Reforma Protestante** – Peter Marshall
1259. **História econômica global** – Robert C. Allen
1260. (33). **Che Guevara** – Alain Foix
1261. **Câncer** – Nicholas James
1262. **Akhenaton** – Agatha Christie
1263. **Aforismos para a sabedoria de vida** – Arthur Schopenhauer
1264. **Uma história do mundo** – David Coimbra
1265. **Ame e não sofra** – Walter Riso
1266. **Desapegue-se!** – Walter Riso
1267. **Os Sousa: Uma família do barulho** – Mauricio de Sousa
1268. **Nico Demo: O rei da travessura** – Mauricio de Sousa
1269. **Testemunha de acusação e outras peças** – Agatha Christie
1270. (34). **Dostoiévski** – Virgil Tanase
1271. **O melhor de Hagar 8** – Dik Browne
1272. **O melhor de Hagar 9** – Dik Browne
1273. **O melhor de Hagar 10** – Dik e Chris Browne
1274. **Considerações sobre o governo representativo** – John Stuart Mill
1275. **O homem Moisés e a religião monoteísta** – Freud
1276. **Inibição, sintoma e medo** – Freud
1277. **Além do princípio do prazer** – Freud
1278. **O direito de dizer não!** – Walter Riso
1279. **A arte de ser flexível** – Walter Riso
1280. **Casados e descasados** – August Strindberg
1281. **Da Terra à Lua** – Júlio Verne
1282. **Minhas galerias e meus pintores** – Kahnweiler
1283. **A arte do romance** – Virginia Woolf

1284. **Teatro completo v. 1: As aves da noite** *seguido de* **O visitante** – Hilda Hilst
1285. **Teatro completo v. 2: O verdugo** *seguido de* **A morte do patriarca** – Hilda Hilst
1286. **Teatro completo v. 3: O rato no muro** *seguido de* **Auto da barca de Camiri** – Hilda Hilst
1287. **Teatro completo v. 4: A empresa** *seguido de* **O novo sistema** – Hilda Hilst
1289. **Fora de mim** – Martha Medeiros
1290. **Divã** – Martha Medeiros
1291. **Sobre a genealogia da moral: um escrito polêmico** – Nietzsche
1292. **A consciência de Zeno** – Italo Svevo
1293. **Células-tronco** – Jonathan Slack
1294. **O fim do ciúme e outros contos** – Proust
1295. **A jangada** – Júlio Verne
1296. **A ilha do dr. Moreau** – H.G. Wells
1297. **Ninho de fidalgos** – Ivan Turguêniev
1298. **Jane Eyre** – Charlotte Brontë
1299. **Sobre gatos** – Bukowski
1300. **Sobre o amor** – Bukowski
1301. **Escrever para não enlouquecer** – Bukowski
1302. **222 receitas** – J. A. Pinheiro Machado
1303. **Reinações de Narizinho** – Monteiro Lobato
1304. **O Saci** – Monteiro Lobato
1305. **Memórias da Emília** – Monteiro Lobato
1306. **O Picapau Amarelo** – Monteiro Lobato
1307. **A reforma da Natureza** – Monteiro Lobato
1308. **Fábulas** *seguido de* **Histórias diversas** – Monteiro Lobato
1309. **Aventuras de Hans Staden** – Monteiro Lobato
1310. **Peter Pan** – Monteiro Lobato
1311. **Dom Quixote das crianças** – Monteiro Lobato
1312. **O Minotauro** – Monteiro Lobato
1313. **Um quarto só seu** – Virginia Woolf
1314. **Sonetos** – Shakespeare
1315(35). **Thoreau** – Marie Berthoumieu e Laura El Makki
1316. **Teoria da arte** – Cynthia Freeland
1317. **A arte da prudência** – Baltasar Gracián
1318. **O louco** *seguido de* **Areia e espuma** – Khalil Gibran
1319. **O profeta** *seguido de* **O jardim do profeta** – Khalil Gibran
1320. **Jesus, o Filho do Homem** – Khalil Gibran
1321. **A luta** – Norman Mailer
1322. **Sobre o sofrimento do mundo e outros ensaios** – Schopenhauer
1323. **Epidemiologia** – Rodolfo Sacacci
1324. **Japão moderno** – Christopher Goto-Jones
1325. **A arte da meditação** – Matthieu Ricard
1326. **O adversário secreto** – Agatha Christie
1327. **Pollyanna** – Eleanor H. Porter
1328. **Espelhos** – Eduardo Galeano
1329. **A Vênus das peles** – Sacher-Masoch
1330. **O 18 de brumário de Luís Bonaparte** – Karl Marx
1331. **Um jogo para os vivos** – Patricia Highsmith
1332. **A tristeza pode esperar** – J.J. Camargo
1333. **Vinte poemas de amor e uma canção desesperada** – Pablo Neruda
1334. **Judaísmo** – Norman Solomon
1335. **Esquizofrenia** – Christopher Frith & Eve Johnstone
1336. **Seis personagens em busca de um autor** – Luigi Pirandello
1337. **A Fazenda dos Animais** – George Orwell
1338. **1984** – George Orwell
1339. **Ubu Rei** – Alfred Jarry
1340. **Sobre bêbados e bebidas** – Bukowski
1341. **Tempestade para os vivos e para os mortos** – Bukowski
1342. **Complicado** – Natsume Ono
1343. **Sobre o livre-arbítrio** – Schopenhauer
1344. **Uma breve história da literatura** – John Sutherland
1345. **Você fica tão sozinho às vezes que até faz sentido** – Bukowski
1346. **Um apartamento em Paris** – Guillaume Musso
1347. **Receitas fáceis e saborosas** – José Antonio Pinheiro Machado
1348. **Por que engordamos** – Gary Taubes
1349. **A fabulosa história do hospital** – Jean-Noël Fabiani
1350. **Voo noturno** *seguido de* **Terra dos homens** – Antoine de Saint-Exupéry
1351. **Doutor Sax** – Jack Kerouac
1352. **O livro do Tao e da virtude** – Lao-Tsé
1353. **Pista negra** – Antonio Manzini
1354. **A chave de vidro** – Dashiell Hammett
1355. **Martin Eden** – Jack London
1356. **Já te disse adeus, e agora, como te esqueço?** – Walter Riso
1357. **A viagem do descobrimento** – Eduardo Bueno
1358. **Náufragos, traficantes e degredados** – Eduardo Bueno
1359. **Retrato do Brasil** – Paulo Prado
1360. **Maravilhosamente imperfeito, escandalosamente feliz** – Walter Riso
1361. **É...** – Millôr Fernandes
1362. **Duas tábuas e uma paixão** – Millôr Fernandes
1363. **Selma e Sinatra** – Martha Medeiros
1364. **Tudo que eu queria te dizer** – Martha Medeiros
1365. **Várias histórias** – Machado de Assis
1366. **A sabedoria do Padre Brown** – G. K. Chesterton
1367. **Capitães do Brasil** – Eduardo Bueno
1368. **O falcão maltês** – Dashiell Hammett
1369. **A arte de estar com a razão** – Arthur Schopenhauer
1370. **A visão dos vencidos** – Miguel León-Portilla
1371. **A coroa, a cruz e a espada** – Eduardo Bueno
1372. **Poética** – Aristóteles
1373. **O reprimido** – Agatha Christie
1374. **O espelho do homem morto** – Agatha Christie
1375. **Cartas sobre a felicidade e outros textos** – Epicuro
1376. **A corista e outras histórias** – Anton Tchékhov
1377. **Na estrada da beatitude** – Eduardo Bueno

lepmeditores
www.lpm.com.br
o site que conta tudo

IMPRESSÃO:

PALLOTTI
GRÁFICA

Santa Maria - RS | Fone: (55) 3220.4500
www.graficapallotti.com.br